Werner Stock

Hol den Pudding rein, die Dampflok kommt!

Buben- und Polizeigeschichten aus Offenburg

Bibliographische Information der Deutschen Nationalbibliothek:
Die Deutsche Nationalbibliothek verzeichnet diese Publikation
in der Deutschen Nationalbibliografie, detaillierte bibliografische
Daten sind im Internet über http://dnb.dnb.de abrufbar.

Herstellung:und Verlag
BoD – Books on Demand, Norderstedt

ISBN 978-3739245898

Für meine Frau Ulrike,
Dr. Tilman Oeftering
und Polizeidirektor Gunther Richardt †

Danke an
Gottfried Schätzle, Altenheim,
Peter Reeken, Warendorf
Jess Haberer, Offenburg
Siegmund Trahasch, Lahr-Sulz
Bernd Kiefer, Offenburg
Karl Harter, Gengenbach

Inhalt

Vorwort

„Heimat ist Kindheit" war im November 2015 ein Motto der ARD-Themenwoche „Heimat". Dem maß ich keine besondere Bedeutung bei. Zufällig stieß ich kurz darauf im Internet auf das Büchlein „Um fünf am Stadtbuckel" von Jutta Bissinger, bestellte es umgehend und las es nach Erhalt in einem Rutsch durch.

„Heimat ist Kindheit" – das stimmt! Zumindest für mich. Und so schweiften meine Gedanken zurück in meine Heimatstadt, wo ich meine Kindheit verbrachte und die ich als Polizist fast 30 Jahre lang in all ihren Facetten erlebte. Auf meinen Vorschlag, einige meiner Geschichten in ihren zweiten Band von „Um fünf am Stadtbuckel" aufzunehmen, antwortete mir Jutta Bissinger: „Schreib doch gleich ein eigenes Büchle."

Gesagt, getan, nun liegt es vor Ihnen....

Werner Stock, Autor

Dass Leser mich kontaktieren und ihrer Freude über meine Bücher Ausdruck verleihen – das kommt vor. Dass ihnen eigene Erlebnisse wieder einfallen und sie mir ans Herz legen, diese in meinem nächsten Buch zu erzählen – das kommt vor. Doch dass jemand fertige Kapitelüberschriften schickt, die mich so neugierig machen, kam noch nie vor: „Karli, renn! s'Unglück vun de Unionbrück'" oder „Herr Richter, der Bollizischd het mir eini g'langt" – diese Geschichten wollte ich lesen! Auch andere Offenburger würden sie lesen wollen, davon war ich als Autorin zweier erfolgreicher regionaler Bücher überzeugt. So überzeugte ich wiederum Werner Stock davon, dass hier ein neues Buch entstehen sollte – von ihm selbst geschrieben.

Lesen Sie also nun, wie „'s Wernerle" nach der Herbstmesse abhanden kam, wie er später aus Liebe „Bollizischd" werden wollte, wie die Verfolgungsjagd auf „Langhoorige" ausging und was „Rangiererlotto" ist.

Viel Spaß dabei!

Jutta Bissinger, Herausgeberin

Es ist der „Zahn der Zeit", der aus Erlebnissen und Erfahrungen früherer Tage liebevolle, nostalgische Geschichten macht. Die Minikatastrophen von damals sind die „Schenkelklopfer" von heute! Anekdoten, die sich um die Geheimnisse des Erwachsenwerdens ranken. Mit dem Blick zurück sind diese Erinnerungen eine Art Liebeserklärung an unsere Stadt, unsere Familien und Freunde. Mit hohem Schmunzelfaktor!

Gedankenpuzzles memorieren eine „gute alte Zeit" mit dem Schutzmann an der Ecke und der Ziebold'schen Mühle am Stadtbuckel.

Köstliche Bonmots, tragische Begebenheiten, lustige Situationen, damals alltägliche und heute fast vergessene Rituale. Mit Hingabe aufgeschrieben; in kraftvoller Sprache, dennoch sensibel und sehr persönlich. Ganz im Zeichen des „Lernens aus Alltäglichem". Ich liebe diese Geschichten. Mehr davon!

Jess Haberer, OB-Stellvertreter, Rektor i. R., Moderator

1952

Hol de Pudding rein, d'Dampflok kummt

Alles begann in meinem Elternhaus in der Rammersweierer Straße 34. Eigentlich war es ja mein Großelternhaus, denn mein Großvater Kurt Löffler, von dem noch zu berichten sein wird, war 1922 mit seiner kleinen Familie in dieses für damalige Verhältnisse großzügige Reihenhaus eingezogen. Er war nach dem 1. Weltkrieg als Veteran des zu Garnisonszeiten in Offenburg hochgeachteten Badischen Infanterie-Regiments 170 in der Stadt geblieben und engagierte sich im Vorstand der 1913 gegründeten Gemeinnützigen Baugenossenschaft Offenburg (GBO) für den Bau neuer Wohnungen und Häuser. Bereits 1920 wurde die Galgenfeldsiedlung zwischen Rammersweier-, Hermann-, Schaible- und Kohlerstraße durch die Stadt und die GBO erschlossen und 1922 zog mein Opa mit Ehefrau Martha und den Töchtern Gerda und Elfriede, meiner Mutter, in das als erstes fertiggestellte Reihenhaus direkt an der Bahnlinie ein. Dort wurde ich am 30. April 1952 kurz vor Mitternacht geboren.

Obwohl ich dabei war, konnte ich mich nicht daran erinnern, aber meine Mutter versicherte mir glaubhaft, dass der bei der Geburt anwesende Kinderarzt Dr. Ruf von mir so begeistert war, dass er spontan entschied: „Den Bursch schreibe mer auf den 1. Mai, dann hat er immer an einem Feiertag Geburtstag!"

Meine Kindheit war typisch für die 1950er-Jahre. Man war halt da und ging als kleiner Oststädtler zunächst in den Kindergarten, der an die alte Turnhalle des Schiller-Gymnasiums an der Ecke Schiller-/Carl-Blos-Straße angebaut war.

Als Kinder spielten wir in den Gärten hinter den Häusern, die mit verschlungenen Wegle verbunden waren, eroberten uns die Lindenhöhe und die Waldbachsenke als ideale Spielplätze und sprangen beidbeinig in die Pfützen des Rittwegs, der damals noch nicht befestigt war.

Im Winter gab es Eisblumen an den Fensterscheiben und manchmal blieb bei Frost auch die Zunge am eisernen Gartentörle hängen. Aussagen wie „Mein Schatz", „Super", „Das hast Du wahnsinnig gut gemacht", „Du bist der Beste" waren für uns Kinder nicht vorgesehen. Dafür „Benimm Dich", „Mach ä Diener", „Halt de Mund, Du bisch nit g'frogt" und „Wenn's dunkel wird, kommsch heim".

Jeden Montag war Waschtag, der Terrazzo-Bottich in der Waschküche wurde angefeuert, ich kann mich noch gut an meine verschwitzte Mutter erinnern, denn die Arbeit in dem heißen und feuchten Kellerraum war ein richtiger Knochenjob.

Samstags wurde gebadet. Das war zur damaligen Zeit ein Luxus, denn längst nicht jedes Haus hatte ein Bad, man ging noch ins Volksbad in der Bubenschule neben der Dreifaltigkeitskirche oder holte die Zinkwanne hervor, die im Klo an der Wand hing, und stellte sie in der Küche auf. Beim heimischen Wannenbad wurde der Badeofen noch mit Holz und Kohle geheizt. Meine Eltern waren schon sehr fortschrittlich, denn sie setzten mich nackig zu meinem ebenfalls unbekleideten Vater in die Wanne. Bis zu jenem Samstag, als ich, fünf Jahre alt, vor ihm im heißen Wasser saß und auf seine Männlichkeit zeigte. „Der sieht jo us wie ä Zehner-Eis!". Meine Mutter lief rot an und mein Vater wusste nicht, was er sagen sollte. (Für nach 1970 geborene: Eine Kugel Eis kostete damals zehn Pfennige).

Ganz besonders interessant waren für mich natürlich die direkt vor unserem Haus vorbeiratternden Züge. Keine zwanzig Meter vom Küchenfenster entfernt sausten Tag und Nacht die Güterzüge in Richtung Basel und Hamburg. Das störte eigentlich keinen, man war es ja von klein auf gewohnt. Das Größte an der Eisenbahn war für mich aber ein Besuch auf dem Bahnsteig 1, wenn die Personen-D-Züge dort ankamen. Wenn ich zehn Pfennige gespart hatte, rannte ich durch die Unterführung zur Nordsperre an der Hauptstraße, zog mir am klingelnden Automaten eine

„Bahnsteigkarte", ließ diese durch den Schaffner abknipsen, der in einem Häuschen vor den hinabführenden Treppen saß, und wartete auf Gleis 1 auf den Menschenstrom, der sich bei Ankunft und Abfahrt des Zuges auf den Bahnsteig ergoss. Wenn diese Menschenmengen an mir vorbeiströmten, fühlte ich es ganz deutlich: Offenburg, meine Heimatstadt, war eine richtige Großstadt. Dazu gehörten natürlich diese an unserem Haus unablässig vorbeiratternden Züge. Denn Offenburg war auch eine Eisenbahnerstadt. Und die zischenden und qualmenden Dampfloks waren für mich das Allergrößte. Vor allem, wenn ich an der Hand meiner Mutter über den Steg neben der im Bau befindlichen Unionbrücke oder über die Zauberflötenbrücke in die Stadt ging: Minutenlang wartete ich, bis endlich eines dieser Ungetüme kam, um mich von dem beißenden und nach Schwefel riechenden Rauch einhüllen zu lassen. Das war eine echte Mutprobe! „Kummsch jetzt endlich", rief meine Mutter regelmäßig, die diesem Schauspiel rein gar nichts abgewinnen konnte. Warum? Wenn sie einmal in der Woche den von mir heißgeliebten Vanillepudding gekocht hatte, bekam ich einen Sonderauftrag: „Wernerle, Du musch jetzt uff de Pudding achte. Ich stell ne uff d´Fenschderbank, damit er abkühlt. Hol ne aber bloß sofort rein, wenn d´Dampflok kummt!" Denn vor allem bei Westwind, wenn auch die Glocken vom Klösterle zu hören waren, legte sich bei der Vorbeifahrt der Dampf-

„Kummsch jetzt endlich", rief meine Mutter regelmäßig, die diesem Schauspiel rein gar nichts abgewinnen konnte.

rösser stante pede eine schwarze Rußschicht über das Objekt der Begierde.

Wenn der Pudding erkaltet und unbeschadet geblieben war, wurde er gekippt und sah aus wie ein Guglhupf ohne Loch. Aus dem Keller durfte ich dann eine Flasche eigenen Himbeersafts holen, auf dem im Flaschenhals eine fünf Millimeter dicke Schimmelschicht schwamm. Fachmännisch wurde diese von meiner Mutter heruntergeangelt. „Davon stirbt man nit", war die regelmäßige Antwort, wenn ich dabei mein Gesicht verzog.

Und sie sollte Recht behalten.

1956

„Karli, renn!"
s'Unglück vun de Unionbrück'

Am 11. April 1956 stürzte die neu zu erbauende Unionbrücke ein. Es war eine Sensation in Offenburg, die der älteren Generation Gänsehaut bescherte. Denn der Krieg war ja noch nicht allzu lange zu Ende und die Erinnerung an die Bombardements von Bahnhof,

Ausbesserungswerk und Güterbahnhof waren gerade bei den Bewohnern des Galgenfelds noch sehr gegenwärtig.

Die Sensation ereignete sich auch noch in der Nachbarschaft meines Elternhauses. Natürlich war das tage- und wochenlang Gesprächsstoff, nicht nur bei uns. Die ganze Stadt wunderte sich hinter vorgehaltener Hand, wie eine so bekannte Offenburger Firma so einen Pfusch fabrizieren konnte. Offiziell seien die mit unverminderter Geschwindigkeit vorbeirauschenden Güterzüge, die ja noch Jahrzehnte später die Musikliebhaber in der alten Stadthalle „beglücken" sollten, Schuld an dem Desaster gewesen, hieß es.

Beim Weg in die Stadt blieben die Menschen an den Eisengeländern zum Bahngraben hin und auf der Fußgängerbrücke stehen, die zwischen Luisen- und Zellerstraße über den Bahngraben zur Stadthalle führte, und beobachteten die Aufräum- und später die Wiederaufbauarbeiten. Hierzu war auf dem Gelände neben der Brücke zwischen Gesundheits- und Finanzamt ein Kran aufgebaut worden, der für mich natürlich von großem Interesse war – schließlich wollte ich vielleicht auch mal Kranführer werden.

Weniger interessant war ein kleines, aus Brettern zusammengenageltes Toilettenhäuschen, das direkt an der Zellerstraße stand. Aber genau dieses Häuschen spielt in dieser Geschichte eine zentrale Rolle.

Ich war eines Tages im Sommer 1956 mit meiner Mutter wieder einmal auf dem Weg in die Stadt. Es war ein überaus stürmischer Tag, und der Kran an der Brücke geriet ordentlich ins Wanken. Meine Mutter sah das, und eingedenk der Katastrophe des Brückeneinsturzes und vielleicht auch ihrer Kriegserlebnisse sagte sie zu mir, als sie das schwankende Monstrum sah: „Do gehe mir nit weiter, der fällt jo gleich um!"

Der Kranführer hatte seine Kabine gottlob offensichtlich schon verlassen. Und es kam, wie es kommen musste: Das Stahlgestell neigte sich mehr und mehr zur Seite der Zellerstraße hin, und plötzlich hörten wir mehrere Bauarbeiter laut schreien: „Karli, renn, Karli, komm usm Scheißhaus russ, Karli, renn!"

Die Tür des kleinen Holzhäuschens flog auf, und mit heruntergelassener Hose hopste ein Mann aus dem Häuschen heraus. Es reichte ihm gerade noch, aus der Reichweite des Krans zu gelangen. Denn wenige Sekunden später krachte das Monstrum tatsächlich genau auf das kleine Scheißhäusle.

„Het seller Mann ä Glück ghabt!" sagte meine Mutter atemlos. Und ein Mann, der neben uns stand und das Unglück mit angesehen hatte, rief: „Denne het beinah der Blitz beim Scheiße getroffe!"

Mutter hatte genug gesehen. Sie zog mich Richtung Heimat: „Jetzt aber nix wie heim, bevor uns der Himmel uff de Kopf fällt!"

...und plötzlich hörten wir mehrere Bauarbeiter schreien:
„Karli, renn, Karli, komm usm Scheißhaus russ, Karli, renn!"

1957

Herbschdmess:
„Wo isch der Kerle bloß?”

„D'Herbschdmess" gehört zu Offenburg wie die Veef zum Andres. Zu Beginn waren es die „Landwirtschaftlichen Ausstellungen", die lange Zeit mit Umzügen vom Bahnhof auf das damalige Messegelände mit den landwirtschaftlichen Hallen, auf dem heute die Burda-Druckerei und das Burda-Hochhaus stehen, eröffnet wurden. Daran nahmen die Bauern mit ihren Erntewagen, die Vereine und auch die Viehhändler mit Schweinen, Rindern und Pferden teil. Auch die ersten der Ortenauer Reitvereine zogen mit den Pferden vom Bahnhof aus auf das Gelände.

In den 1950-er Jahren pilgerten bis zu 160.000 Besucher auf die damals zehn Tage dauernde, in „Ortenauer Herbstmesse" umbenannte Ausstellung. Seit dem Sprung über die Kinzig heißt sie „Oberrheinmesse".

Auch meine Mutter besuchte 1957 mit mir an der Hand die „Offeburger Herbschdmess". Das war ungeachtet des weiten Fußweges von der Oststadt auf das Messegelände an den Kronenwiesen einfach ein

Muss. Die Bediensteten der städtischen Behörden bekamen damals noch messefrei. Für mich war dieser Messebesuch ein erster Höhepunkt in meinem jungen Leben.

Noch viel interessanter jedoch war für mich der Rückweg, der uns nach der Johannisbrücke von der Hauptstraße in den Zwinger führte. Am Ende der Anlage, wo heute das Parkhaus Wasserstraße steht, war direkt am Mühlbach ein kleiner Spielplatz mit Kletterturm und Schaukel. Oberhalb davon, auf dem Weg direkt an der Stadtmauer, traf meine Mutter ihren alten Chef, den damaligen Amtsgerichtsdirektor Herrmann. Sie war nämlich lange Zeit Kanzleikraft beim Amtsgericht gewesen. Die beiden kamen ins Gespräch und merkten nicht, wie ich fünfjähriger Steppke auf Erkundungstour ging. Gelangweilt vom Gespräch der Erwachsenen, schlug ich mich im wahrsten Sinne des Wortes in die Büsche entlang der Stadtmauer. Ich spazierte durch die Seestraße, kam über die Okenstraße in die Hauptstraße – und zu meiner geliebten Metzgerei Burg, wo meine Mutter oft einkaufte. Für mich gab es dabei immer „ä Rädle Wurscht".

Beim Metzger Burg war ich wegen meiner Lockenpracht als „des blonde Wernerle" bekannt. Zwar schauten die Verkäuferinnen etwas verdutzt, als ich im Alleingang selbstbewusst sagte: „Ich hätt' gern ä Wienerle", doch ich bekam eines und machte mich wieder davon. Im Getümmel der Hauptstraße setzte ich meinen Weg fort.

Um das Haus mit den vergitterten Fenstern gegenüber der evangelischen Stadtkirche machte ich einen großen Bogen. Dort, so wusste ich, waren nämlich Neger drin. Ich war zuvor einmal zu Tode erschrokken, als meine Eltern mit mir das Haus betraten und plötzlich ein schwarzhäutiger Mensch vor mir stand. Der erste meines Lebens! Das Haus war nämlich die Kommandantur der französischen Besatzungsmacht, auf die mein Vater als ehemaliger deutscher Offizier nicht gut zu sprechen war.

Bei Blumen-Schweiger blieb ich stehen und schaute auf das gegenüberliegende Sandstein-Gebäude der Hauptpost, an dem mich diese wunderbare Drehtüre faszinierte. Wenn meine Mutter mit mir zur „Großen Post" ging – die „Kleine Post" war in der Turnhallenstraße in der Nähe des „Lifa"-Kinos – versuchte ich so oft wie möglich meine Runden in dieser Drehtüre, die einen rein und raus und raus und rein brachte.

An der Ladenreihe hinter dem späteren Rade-Pavillon nahm ich mir einen Apfel aus der Auslage des dortigen Lebensmittelgeschäfts. Ich hatte keine Eile, sah mir alles an, machte noch einen Abstecher in den Bahnhof und schaffte es schließlich bis zur Unterführung, die ich frohgemut durchquerte. Danach noch rechts rum und hinauf zur Rammersweierer Straße.

Die Verkäuferinnen schauten etwas verdutzt, als ich im Alleingang selbstbewusst sagte: „Ich hätt' gern ä Wienerle!"

Als ich diese gerade erreicht hatte, sah ich, wie mein Vater und mein Opa eilig aus dem Haus kamen und in Richtung Stadt liefen. Ich rief „Papa, Papa", und mein Vater rannte über die Straße auf mich zu, nahm mich auf den Arm und brachte mich ins Haus. Dort saß meine Mutter mit roten Augen im Schlafzimmer vor der Spiegelkommode. Als sie mich im Arm hatte, begann sie hemmungslos zu weinen. Dem schloss ich mich begeistert an, wenn ich auch nicht so genau wusste, warum.

Später sollte ich erfahren, dass eine große Suchaktion nach mir eingeleitet worden war. Bei der Inspektion der Stelle, wo ich „verlustig" gegangen war, also an dem Spielplatz, entdeckten die Polizeibeamten ein großes Loch im Zaun, der den Spielplatz zum Mühlbach hin abgrenzte. Natürlich ging man vom Schlimmsten aus und vermutete, dass ich in den Mühl-Kanal gefallen war. Das Wehr am Großen Deich, das die Wasserzufuhr zum Mühlbach regelte, wurde geschlossen, der Mühlbach abgeschlagen. Welch ein Aufruhr, während ich Knirps seelenruhig durch die Stadt spaziert war!

Neben der Berichterstattung im Offenburger Tageblatt über diese Sensation hielt sich bei uns lange noch die Erinnerung an eine andere Geschichte, die mir meine Mutter noch lachend erzählte, als ich schon erwachsen war: „Überleg mol, der Metzger Burg het nie ebbs von mir für des Wienerle verlangt. Im Gegeteil: Immer, wenn ich mit Dir zum Einkaufe gekomme bin, hen die Verkäuferinne g'fragt: Wernerle, willsch ä Wienerle?"

1958-2004

s'Schdädische un die Halbgötter in Weiß

„S'Schdädische" war 1902 als „Königlich preußisches Lazarett" für die in Mittelbaden stationierten Soldaten erbaut und erst 1912 auch für die medizinische Versorgung Offenburger Bürger geöffnet worden. Nach dem 2. Weltkrieg war es jahrzehntelang eine Institution in Offenburg. Die Chefärzte waren wahre Halbgötter in Weiß, die Ärzte als absolute Koryphäen weit über die Stadtgrenzen hinaus ein Begriff.

Von weit her pilgerten die Menschen ins „Schdädische" in der Hoffnung auf Heilung. An jedem dritten Haus waren vom Bahnhof her diese typischen Wegweiser mit dem Roten Kreuz angebracht, die den Besuchern von außerhalb den rechten Weg weisen sollten. Sonntagmittags – Besuchszeit war damals zwei bis vier Uhr nachmittags –, kamen wahre Heerscharen aus der Unterführung und zogen an unserem Haus vorbei. Nicht selten klopfte der schwere Eisenring an unserer Türe, und ein Bäuerle aus einem Schwarzwaldtal bat darum, unser Klo benutzen zu dürfen.

Auch wenn die nachfolgenden Geschichten vielleicht skurril und unglaubwürdig klingen mögen: Ich habe sie wirklich so erlebt. Deshalb war für mich „s´Schdädische", später das Kreiskrankenhaus, der Inbegriff des Horrors.

1958 „Wie soll das Kind heißen?"

Mit fünf Jahren sah ich, wie der Bauch meiner Mutter immer dicker wurde. Ein Brüderchen oder Schwesterchen kündigte sich an. Mein Vater hoffte inständig auf die Geburt einer Tochter. Am 15. September, genau neun Monate nach seinem Geburtstag, war es dann soweit: Die ersehnte Prinzessin war da. Voller Glücksgefühle nahm mein Vater, der Krankenhäuser sonst mied wie der Teufel das Weihwasser, mich an die Hand. Es ging die Hermannstraße hinab, an der Pforte vorbei und in das Türmchen, das als Treppenhaus nach oben führte. Als wir durch eine Schwingtüre einen langen Gang betraten, sah ich an dessen Ende eine beleibte Schwester, die meinem Vater entgegenrief: „Ah, Sie sind sicher der Herr Stock. Wie soll Ihre Tochter heißen? Ich muss das sofort in das Geburtenbuch eintragen!" Überrumpelt sagte mein Vater vor sich hin: „Mein Gott..." Die Schwester, die gut zehn Meter von uns entfernt am Schreibpult stand, erwiderte:

„Margot? Das ist aber ein schöner Name." Und schon hatte sie ihn ins Geburtenbuch geschrieben.

„Nein, nein," widersprach mein Vater heftig, „sie soll doch Erika heißen!" Doch die resolute Schwester meinte, jetzt sei es zu spät, das stünde jetzt so im Buch. Mein Vater musste froh sein, dass sie ‚Erika' als zweiten Vornamen eintrug.

Als er den Lapsus meiner Mutter an deren Krankenbett gestand, hatte diese dafür nur ein müdes Lächeln übrig. Sie lebte noch, das war die Hauptsache. Bei der Geburt meiner Schwester wäre sie beinahe gestoben.

1959 „Der Arm isch ja au noch gebroche"

Ein Jahr später spielte ich während der Sommerferien mit dem Sohn des Verwaltungschefs vom Krankenhaus. Er wohnte in der Villa an der Ecke Kohler-/Moltkestraße. Wir kletterten im Garten des

Hauses auf den herrlichen Kirschbaum und übten an einem unteren, waagerecht gewachsenen Ast „Abgang vom Reck". Dabei rutschte ich beim Aufkommen nach hinten weg und versuchte, den Sturz mit den Armen abzufangen. Ich hörte deutlich „Knick-knick-knack" und hatte plötzlich furchtbare Schmerzen in den Armen.

Das Krankenhaus war ja nicht weit. Flugs wurde mir dort der rechte Arm eingegipst. Sowohl Unter- als auch Oberarm waren gebrochen. Ich sagte noch, dass auch der linke Arm sehr weh täte. „Ja, das kommt bei so einem Sturz schon mal vor", meinte die Schwester.

Erst als ich meiner Mutter drei Tage nach dem Sturz vorheulte („ein deutscher Junge weint doch nicht!"), dass der linke Arm immer noch so weh täte, wurde dieser nochmals geröntgt. Und siehe da: Auch der linke Unterarm war gebrochen!

So verbrachte ich meine ersten Sommerferien – ich war ja in jenem Jahr eingeschult worden – fast ausschließlich in der neuen Kinderabteilung des „Schdädische".

1964 „Der Herr Professor operiert persönlich"

Nicht viel besser erging es mir einige Jahre später in den Osterferien, und das gleich zweimal hintereinander. Bei einer routinemäßigen Schuluntersuchung hatte der Schularzt festgestellt, dass bei mir eine Leistenoperation notwendig sei. Die wurde in den Osterferien 1964 angesetzt – brachte aber nicht das gewünschte Ergebnis. Also wurde ich ein Jahr später nochmals und nun „vum Herrn Professor" operiert.

Ich werde nie diese kombinierten Achterbahn- und Geisterbahnfahrten vergessen, die die damals noch üblichen Äther-Narkosen in mir auslösten. Dazu kam, dass die Ärzte von einem Wechsel aufs Gymnasium abrieten, „weil der Bub sich erschd mol richtig von dene Operatione erhole muss." Schuljahresbeginn war damals ja noch nach den Osterferien.

1996 „Sind Sie der Leichebeschdadder?"

Der Höhepunkt meiner Erlebnisse im „Schdädische", das zwischenzeitlich in die Trägerschaft des Ortenaukreises übergegangen war, sollte aber noch kommen. Längst erwachsen, hatte ich mir im August 1995 bei einem Reitunfall die linke Schulter derart ausgekugelt, dass als Folge der Kopf des linken Oberarmknochens bei jeder ungeschickten Bewegung aus der Pfanne des Schultergelenks heraussprang und starke Schmerzen verursachte. Kurz nach dem Unfall wurde minimalinvasiv operiert. Das brachte jedoch keine Besserung. Also stand ein Jahr später die „orthodoxe" Methode mit Skalpell und allem Pipapo an. Ich meldete mich bei der Patientenaufnahme.

„Nehmen Sie bitte draußen Platz, bis Sie aufgerufen werden" meinte eine der Schreibkräfte. Da saß ich und überlegte, was dieser Krankenhausaufenthalt nun wohl bringen würde, als eine Frau aus dem Büro kam und mich fragte: „Sind Sie der Leichenbestatter?" „Nein", sagte ich überrascht, „sehe ich so aus?"

„Ja" sagte die Frau und ging zum Nächsten.

‚Das fängt ja gut an' dachte ich. Und ich sollte Recht behalten.

Auf der Station angekommen, wurde ich zum EKG geschickt. Nach einer Weile kam der Stationsarzt zu mir und sagte, dass nicht operiert werde könne: „Mit Ihrem Herzen stimmt etwas nicht!" Ungläubig meinte ich, das könnte wohl nicht sein, mein Hausarzt hätte mir erst kürzlich beste Gesundheit attestiert.

Es vergingen zwei Stunden, da kam der Arzt wieder und schickte mich nochmals zum EKG. Wiederum verging eine lange Zeitspanne, in der ich mir Sorgen um mein Herz und meine Gesundheit machte – bis der Arzt so ganz nebenbei bemerkte, dass „da wohl etwas verwechselt" worden sei und die Operation wie geplant stattfände.

Am Morgen darauf bekam ich die obligate „Dämmertablette" und wurde im Engel-Hemdchen im Bett über lange Flure zum Operationsaal geschoben. Im Vorraum empfing mich eine Schwester im schönsten Kinzigtäler Dialekt: „Ich leg' Ihnen jetztert ä Zugang, s´gibt ä Stichle!" Sie versuchte, die Nadel in eine Ader auf meinem linken Handrücken zu piksen. Plötzlich rief sie laut: „Tanja, kumm mol, ich krieg d'Nadel nit nie, der het so ä harti Hutt!" Irgendwann hatten die Schwestern mit vereinten Kräften meine Haut durchstochen.

Nun kam der Narkose-Arzt und sagte: „So, wir operieren heute die rechte Schulter". „Nein, nein" widersprach ich schwach aus meinem Dämmerzustand, „es ist die linke!" Der Arzt schaute in seine Unterlagen und pfiff die Narkoseschwester an: „Wie oft habe ich Ihnen schon gesagt, dass die Braunüle nicht in die Seite kommt, auf der operiert wird!"

Also nochmal dieselbe Prozedur auf der rechten Seite. Dann sagte der Anästhesist: „So, jetzt zählen Sie bis drei, und dann werden Sie selig schlafen." Ich zählte bis zwanzig. Es tat sich nichts. Allerdings merkte ich, dass alle Kraft aus meinem Körper wich. Offenbar war das Relaxans, das dazu diente, dass sich der Körper während der Operation komplett entspannte, gespritzt worden. Doch das Schlafmittel und auch die Intubation zur künstlichen Beatmung waren von dem medizinischen Genie offensichtlich vergessen worden!

Ich wollte schreien „Da läuft was schief, da läuft was schief!", wollte aufspringen – aber es ging nichts mehr. Erstarrt lag ich auf dem Schragen und bekam panische Angst. Dann hörten auch die Lungen auf zu arbeiten. Ich spürte, wie ich langsam erstickte. ‚Jetzt ist‘s soweit', dachte ich, ‚jetzt sterbe ich...‘ In Gedanken verabschiedete ich mich von meiner Frau ‚Mach's gut, Ulrike, es war schön mit Dir!'

Im selben Moment hörte ich jemanden rufen: „Sauerstoff, schnell Sauerstoff, der geht uns weg, der geht uns weg!" Ich fühlte noch den Schmerz, als mir etwas Hartes in den Hals geschoben wurde. Dann wurde ich bewusstlos.

Als ich wieder aufwachte, saß meine Frau weinend neben mir. Ich hatte ihr im Halbschlaf wohl von meinen Erlebnissen erzählt. Bald darauf stand eine ganze Armada von Ärzten und Psychologen an meinem Bett. Alle versicherten, dass das so nicht gewollt gewesen sei, versprachen mir bestmögliche und schnelle Hilfe, und der Chef-Anästhesist entschuldigte sich höchstpersönlich bei mir. Natürlich interessierte es keinen, dass ich auf Grund dieser Vorfälle monatelang nicht einschlafen konnte, weil ich fürchtete, nicht mehr aufzuwachen.

Die Beschreibung dieser Vorfälle soll übrigens keine späte Rache am „Schdädische" oder Kreiskrankenhaus sein. Heute sehe ich sie als eine Verkettung unglücklicher Umstände, die ich unter „dumm g'loffe" verbuche.

2004 „Sie also waren die arme Sau"

Die Krönung des Ganzen geschah dann nochmals einige Jahre später. 2004, also acht Jahre nach dem Horror-Trip, musste ich auf Grund eines „Korbhenkelrisses" am Meniskus meines linken Knies wieder unters Messer. Als ich im Vorgespräch mit dem Narkosearzt meine Erlebnisse von damals erzählte, rief dieser: „Sie also waren die arme Sau! Aber wir haben uns damals gefreut wie die kleinen Kinder und es dem arroganten Arschloch gegönnt, dass dem so ein kapitaler Fehler unterlaufen ist. Hinterher war der endlich mal so klein mit Hut!"

1959

Minner Freund Kawiller

Im Jahr 1959 wurde ich nach den Osterfeiertagen eingeschult. Für mich war das kein besonderer Tag –

ich freute mich auf den neuen Lebensabschnitt, das war's aber auch schon. Auf dem Weg zur Bubenschule neben der Dreifaltigkeitskirche, bei dem mich meine Mutter über Sophienstraße, Schillerplatz, Luisen- und Friedrichstraße begleitete, war es natürlich (wie bei allen wichtigen Anlässen) unvermeidlich, dass sie ihre Finger mit Spucke benetzte, mir einen vermeintlichen Schmutzfleck auf der Wange wegwischte und auch nochmals über den Kopf strich, „damit der Scheitel schön sitzt!"

Das Klassenzimmer war rappelvoll. Im ersten Schuljahr waren wir 34 Jungs, die sich in die engen Schulbänke quetschten. An den Pulten gab es noch Tintenfässer. Die Schiefertafel samt Griffel war zusammen mit dem Vesperbrot für die Zehnerpause im Schulranzen, Schwamm und Lappen baumelten lustig aus ihm heraus.

Es war die Zeit der Lausfrau, der „Tatzen" und des „Hosenspannis". Die Lausfrau kam zwei Mal im Jahr. Wir mussten uns in einer Reihe vor ihr aufstellen, und sie fuhr mit einem feinen Kamm durch unsere Haare. Mir war das immer sehr unangenehm. „Tatzen" mit dünnen Stöckchen waren an der Tagesordnung – dabei schlug der Lehrer auf die ausgestreckten Finger des Schülers –, ebenso „Igele" und „Hosespannis". Bei „Igele" packte der Lehrer die kurzen Haare der Schüler an den Schläfen und zog ihn – auch wenn der gar nichts verbrochen hatte – mit schiefem Kopf nach oben.

Beim „Hosenspannis" legte ein von uns gefürchteter Lehrer die Schüler über die Schulbank und der Stock tanzte auf dem Hintern. „Des kann der bei mir lang mache, ich hab Lederhose an", brüstete sich manch einer – und bekam in Wahrheit eine Gänsehaut, wenn er nur daran dachte.

Die Bubenschule besuchten alle Jungs aus den Wohngebieten östlich oder südlich der Bahn, also von der Prinz-Eugen-Straße bis zur Schwarzwaldstraße, von der Grimmelshausenstraße bis zur Kinzig. Unsere Klasse war ein buntes Gemisch aus allen sozialen Schichten: Die „besseren Familien" wohnten an der Weingarten- und Zellerstraße, die „mittleren" im Galgenfeld oder der Eisernen Hand.

Doch auch die Uhlgräbler gehörten zu unserem Klassenverbund. Einer davon war Karl-Wilhelm, den alle nur „Kawiller"* riefen. Er saß neben mir, und wir verstanden uns gut. Allerdings hatte er schon in der ersten Klasse Schwierigkeiten. Ich half ihm, wo ich nur konnte, vor allem im Rechnen.

Eines Tages kam ich auf die Idee, mit ihm nach Hause zu gehen und ihm dort bei den Hausaufgaben zu helfen. Wir marschierten also durch die Anlagen zur Zähringer Straße, überquerten bei hochgezogenen Schranken den unterhalb der Burda-Villa befindlichen

*Name geändert

Bahnübergang und kamen in dem Mehrfamilienhaus in der Brandeckstraße an.

Dort schaute eine Frau aus dem Fenster. Noch nie hatte ich so eine Frau gesehen. Sie war grell geschminkt und hatte eine Zigarette im Mundwinkel. Es war Kawillers Mutter. „Wen hesch denn do dabei?" schrie sie. „Der soll mache, dass er furt kommt!" – „Also tschüss" sagte Kawiller traurig, und ich machte mich enttäuscht auf den Heimweg.

Als ich zu Hause ankam, fragte meine Mutter, wo ich denn so spät herkäme. „Ich war noch mit dem Kawiller im Uhlgraben…" Weiter kam ich nicht, denn schon hatte ich eine hinter den Ohren. „Do gehsch mir nimmer hin, hesch mich verstande?!"

Kawiller blieb schon in der ersten Klasse sitzen. Lange hörte ich nichts mehr von ihm. Nur wenn wir später zum Fußballspielen auf den Hartplatz im OFV-Stadion wollten, dachte ich manchmal an ihn, weil wir dann am von uns so gefürchteten Uhlgraben vorbeimussten. „Da fährt die Polizei nur mit drei Streifenbesatzungen hin", sagten die Erwachsenen und verzogen das Gesicht.

Meistens standen Uhlgräbler mit Namen wie „Loddl", „Hamburger" oder „dr Jänische" zwischen Bahndamm und OFV, versperrten uns den Weg und fragten provozierend: „Chefter Charly, häsch ä Schmerch?" oder „Chefter Charly, willsch ä Gong?"

Und egal, was wir antworteten – wir bekamen Dresche, wenn wir nicht schnell abhauten oder eine Begegnung von vornherein vermieden.

Als ich bereits bei der Polizei war, hörte ich, dass mein Freund Kawiller auf die schiefe Bahn gekommen war und im Gefängnis saß. Umso überraschter war ich, ihn bald darauf wiederzusehen. Kurz vor dem Abriss der Ziebold´schen Mühle stattete ich diesem Inbegriff des Offenburger ‚Sodom und Gomorrha‘ einen Besuch ab, um mir selbst einmal ein Bild davon zu machen. An der Theke saß allein ein kleiner Mann, der mir den Rücken zugekehrt hatte. Ich setzte mich daneben. Es war Kawiller!

Wir erkannten uns sofort wieder. „Du bisch jetzt bei der Klischderei" sagte er, „da kannsch nix dafür, musch jo au Geld verdiene!" Es entwickelte sich ein teilweise nahezu philosophisches Gespräch, in dem Kawiller mir seine Sicht der Dinge aufzeigte: „Wenn sie dir de Bode unter de Füß' weggezogen hen, trample se au noch uff dir rum – wer einmol aus dem Blechnapf frisst, het keine Chance mehr!"

Ich fühlte mich dabei absolut hilflos – denn er hatte Recht.

Wieder verging eine lange Zeit. Dann hatte ich mit meinem Chef Anfang der 1990-er Jahre einen Termin beim Leiter der Justizvollzugsanstalt in der Grabenallee, der die Zusammenarbeit der Justizbeamten mit der

Polizei betraf. Nach Ende des Arbeitsgesprächs sagte der Anstaltsleiter, dass er uns jetzt noch ein paar „Hochkaräter" seiner Insassen vorstellen wolle. Er wies den Justizbeamten im Zellentrakt an, die Türen einzelner Zellen zu öffnen: „Des isch der mit dem Mord an der Oppenauer Steige", stellte er uns einen verschlafen wirkenden Mann in dessen Zelle vor. „Und der do sitzt wege einer große Drogensach'." Der Beamte öffnete die Türe – dahinter stand „mein" Kawiller. Er sagte: „Salli Werner, was machsch du denn do?"

Meinen Chef haute es fast aus den Latschen. Ich musste ihm später lang und breit erklären, welchen Bezug ich zu Kawiller hatte.

Eine Bemerkung am Rande: Der Anstaltsleiter verbat es sich damals ausdrücklich, dass wir seine Beamten „Wärter" nannten. „Wir sind hier doch nicht im Zoo!" Uns aber seine „Hochkaräter" auf diese Weise zu präsentieren, davor hatte er keine Skrupel.

Zuletzt habe ich Kawiller im Jahr 2009 kurz vor unserem Umzug nach Warendorf gesehen. Ich wartete vor einem Supermarkt in der Freiburger Straße auf meine Frau, als zu meiner Überraschung mein alter Schulkamerad aus dem Gebäude kam. „Mensch, Kawiller, wie geht's dir?" – „Ja salli Werner, was machsch du do?"

Karl-Wilhelm erzählte mir, dass er die Kurve gekriegt hätte: „Ich hab' 'ne gute Lebenspartnerin, eine Wohnung, genug zu essen, gehe jeden Tag zur Arbeit und bin mit meinem Leben zufrieden!" Am Ende des Gesprächs nahm ich „meinen" Kawiller in den Arm und wünschte ihm und seiner Frau von Herzen alles Gute.

So sehr wie damals hatte ich mich für und über einen anderen Menschen schon lange nicht mehr gefreut.

1960

Ladereihe, wo sin ihr gebliebe?

Im Herbst 2015 bin ich bei einem Besuch in meiner Heimatstadt stundenlang mit dem Fahrrad durch die Straßen und Gassen gefahren – einerseits, um zu schauen, was sich alles verändert hatte; andererseits, um bei einem Metzger der Stadt die von mir so sehr geliebte Blunz zu erstehen. Das ist eine wunderbar gewürzte Blutwurst. Verändert hat sich in der Stadt viel. Mit dem neuen Gesundheitszentrum erschien sie mir gar ein bisschen mondän geworden zu sein. Wunderschön empfand ich den renaturierten Mühlbach entlang der ehemaligen Spinnerei. Und unglaublich, dass der Kubus des ehemaligen Kaufhauses Spinner jetzt unter Denkmalschutz steht. Doch so sehr ich auch einen Metzger in der Stadt suchte – ich fand nur noch einen, in Worten: EINEN – doch der hatte keine Blunz.

Als ich in einer Eisdiele am Lindenplatz einen Kaffee trank, kamen mir die alten Zeiten in den Sinn: Inmitten des Freiburger Platzes hatte einst ein Polizist auf einem Podest den Verkehr geregelt. Und die erste Ampel der Stadt, eine so genannte Heuer-Ampel im Würfelformat, hatte sich genau hier zwischen Lindenplatz und Steinstraße im Uhrzeigersinn gedreht und versucht, des zunehmenden Verkehrs Herr zu werden. Auch war doch hier bis vor Kurzem auch noch Schreibwaren Hagen gewesen, eines der inhabergeführten Einzelhandelsgeschäfte, von denen eines neben dem anderen lag?

Ach ja, die alten Ladenreihen: Die in der Straßburger Straße, der Weingartenstraße, am Schillerplatz, am Bahnhof und natürlich die in der Hermannstraße. Zuvor war ich durch diese Straßen gefahren und hatte mit Entsetzen festgestellt, dass weder im einen noch im anderen Straßenzug etwas davon übrig geblieben ist. Dabei waren es diese Ladenreihen gewesen, die eine Siedlung oder ein Wohngebiet mit Leben erfüllten. Dort tratschten die Frauen manchmal stundenlang beim Einkauf. Wir Kinder bekamen immer irgendetwas ab, und sei es nur ein Lächeln oder ein nettes Wort der Verkäuferinnen. Die Ladenbesitzer wohnten über ihren Geschäften, und wenn wirklich Not am Mann war, wusste man, wo geklingelt werden musste, um an den langen Oster-, Pfingst- oder Weihnachtsfeiertagen noch das Nötigste zu bekommen.

Für mich gehört die Ladenpassage in der Hermannstraße zu meiner Kindheit. Dort bekam man alles, was man für das tägliche Leben brauchte. Es sei denn, es war Markt: Dann pilgerten wir natürlich auf den Marktplatz, der vom Europa-Haus, der Weinstube Gießler und der Druckerei Reiff eingerahmt war, und kauften bei den Bauersfrauen frisches Gemüse und Kartoffeln. Im Einkaufsnetz wurde dann alles heimgeschleppt. Ansonsten kauften wir alles in den jeweiligen Fachgeschäften in „unserer" Hermannstraße.

An der Ecke zur Rammersweierer Straße war das Spar-Lebensmittelgeschäft Stoll. Dort durfte ich als Steppke für meinen Vater Zigaretten kaufen: Ein Päckchen Eckstein, später Reval ohne Filter, für eine Mark. Bei Irma Schwarz, geborene Stoll, einer Freundin meiner Mutter, gab es alles, was man im Haushalt so brauchte. Alles für die Gesundheit gab es in der „Schwarzwald-Drogerie" an der Ecke zur Sophienstraße, in der es immer so gut roch und wo ich vom

Drogisten Adolf Zeitz bei jedem Einkauf ein „Huschdegutsele" bekam. Einmal gab er mir sogar eine Tafel Schokolade mit. Das war, als ich, vier- oder fünfjährig, von meiner Cousine hingeschickt wurde und für fünf Pfennig „Ohwiedumm" holen sollte. „Jetzt nimmsch die Schoklad mit heim, gibsch aber niemand ebbs ab, schon gar nit denne, die Dich hierher gschickt hen!", gab mir der Mann im weißen Kittel mit auf den Weg.

Das nächste Geschäft war das Milchgeschäft Leitermann. Hinter einer Glasvitrine, in der stets die verschiedensten Käsesorten ausgestellt waren, ragte ein silbernes, sich nach oben verjüngendes und in Brusthöhe nach unten gekrümmtes Rohr aus der Theke, an dem in der Mitte ein Hebel mit schwarzem Knauf befestigt war. Wurde dieser Hebel durch Herrn oder Frau Leitermann hin- und hergeschwenkt, spie das Rohr einen dicken Strahl Milch aus. Darunter stellte ich immer unsere 2-Liter-Milchkanne. Wenn die gefüllt war, ging ich vorsichtig damit nach Hause. „Verschütt' mir bloß nix", gab mir meine Mutter stets mit auf den Weg.

Eines Tages sollte ich nur einen Liter Milch holen. Auf dem Heimweg, kurz vor dem Wegle, das zu unserem Garten führte, stach mich der Hafer: Irgendjemand hatte mir erzählt, dass die Milch in der Kanne bleibt, wenn man diese ganz schnell in einem senk-

Irgendjemand hatte mir erzählt, dass die Milch in der Kanne bleibt, wenn man diese ganz schnell im Kreis schwingt.

rechten Kreisbogen schwingt. Ich habe es damals gewagt – und gewonnen. Mein erstes physikalisches Experiment gelang mir auf Anhieb.

Zum Metzger Zimmermann ging ich genauso gerne, schließlich fiel da immer ein „Rädle Wurschd" für mich ab. Außerdem gab es da den wunderbaren Fleischsalat. Und beim Bäcker Kopf kaufte ich samstags für die ganze Familie herrlich frische Spitzweckle, das Stück zu fünf Pfennigen.

Auf meinem Schulweg kam ich auch immer an den Geschäften am Schillerplatz vorbei. Dort gab es in der Metzgerei neben dem Café Lang auch Fisch. Und freitags zierten mit großen Kalkbuchstaben kunstvoll geschriebene Sonderangebote das Schaufenster: „Goldbarsch, 1 kg nur 1,45 DM" oder so. Ich hatte mir vorgenommen, es wenigstens ein einziges Mal zu schaffen, das „b" beim „Goldbarsch", zur Not auch beim „Rotbarsch", auszuwischen, doch ich hatte immer viel zu viel Schiss vor dem Metzgermeister.

Hier am Schillerplatz begann dann Anfang der 1960-er Jahre der Untergang der kleinen inhabergeführten Lebensmittelfachgeschäfte in der Oststadt: Ein „Konsum" eröffnete dort und richtete erstmals einen Selbstbedienungsladen ein. Heute, im Zeitalter der Aldis und Lidls, gibt es auch den „Konsum" nicht mehr.

Übrigens: Meine Blunz habe ich noch bekommen. In einem bekannten Fleischerfachgeschäft im Indu-

striegebiet Elgersweier, das ehemals am Schillerplatz
angesiedelt und an manchen Samstagmorgen so fre-
quentiert war, dass die palavernde und tratschende
Warteschlange der Kunden bis auf den Gehweg
reichte.

Das waren noch Zeiten!

1961

D'r G'nickbrecher uff de Lindehöh'

Wie bereits erwähnt, brauchten wir Kinder der Oststadt keine Spielplätze. Der am Kohlerplatz war uns
mit einem einfachen Klettergerüst, einer Schaukel und
dem meist ausgetrockneten Brunnen viel zu popelig.
Außerdem war er von allen Seiten einsehbar. Die Erwachsenen beobachteten hinter den Gardinen, was wir
machten, und tratschten es dann brühwarm unseren
Eltern weiter. Auch wurden wir weggejagt wenn die
Knallerei den Erwachsenen auf den Geist ging. „Du
hältsch jetzt denne Juddepfurz zwische de Finger un
ich zünd ne an!" war eine solche Mutprobe mit den
Mini-Knallern, die wir uns vom sauer ersparten

Taschengeld für ein paar Pfennige in der Drogerie gekauft hatten. Die Bezeichnung für die Feuerwerkskörper ist heute zu Recht tabu – damals dachten wir Kinder uns nichts dabei.

Auch die „Drachewies" am Ende der Zeller Straße war eines unserer Ziele. Dort konnte man herrlich im munter dahinplätschernden Waldbach spielen und Salamander fangen (die man dann selbstverständlich wieder in die Freiheit entließ).

Im Herbst stiegen hier die selbstgebastelten Drachen zuhauf gen Himmel. Die Lindenhöhe mit dem gusseisernen Türmle oder dem großen Platz, auf dem heute die BONO* ihre Bergfeste feiert, und die dort hinaufführenden Wegle vom Blöchle, Rittweg und Lerchenrain boten Freizeitbeschäftigungen ohne Ende.

Aber auch die Anlagen entlang der Bahnlinie unterhalb der Stadtmauer waren vor allem im Herbst ideale Spielplätze, wenn wir von den riesigen Bäumen die Rosskastanien bengelten und damit Phantasiefiguren bastelten.

Allerdings musste man auf den „Anlage-Geischd" achten. Das war ein städtischer Arbeiter des in der Fischerstraße gelegenen Bauhofs, der penibel darauf achtete, dass wir die Rasenflächen nicht betraten. Im Sommer war die Anzahl der Spielplätze endlos. Ob Großer Deich, Kinzigvorland, Stegermattbad – alles wurde erkundet und genutzt.

*Bürgergemeinschaft Nordost

„Heut' fahre mer endlich mol von ganz obe im Fünferbob und schaffe de G'nickbrecher!" war eines Tages die Losung.

Mein bevorzugter Spielplatz war eine Zeit lang allerdings nur einigen ausgewählten Kindern zugänglich: Das Lager der Firma Züblin. Zwischen Goethe-, Sophien- und Carl-Blos-Straße gelegen, war es durch Bretterzäune streng gesichert und kaum einsehbar. Der Vater meines Schulfreundes Egon war Vorarbeiter bei Züblin. Die Familie, die aus Karaganda in Russland ausgesiedelt war – damals eine Sensation und ein absoluter Einzelfall –, wohnte in einer Baracke auf dem Gelände. Nachmittags öffnete Egon uns das große Tor, und wir hatten mit den Baumaterialien, auf Schienen rollenden Loren und in den Lagerschuppen das genialste Spielparadies der gesamten Stadt.

Im Winter allerdings waren die Möglichkeiten zum Spielen im Freien doch stark eingeschränkt. Wäre da nicht wieder die Lindenhöhe mit ihren verschlungenen Wegle gewesen. In den Wintern Anfang der 1960-er Jahre gab es Schnee ohne Ende. Jeden Tag wurde mehrmals auf dem Trottoir und im Garten Schnee geschippt. Im Winter 1963 fiel sogar der Strom über mehrere Tage aus, weil die damals noch über die Dachständer führenden Stromleitungen unter der Last des Schnees geborsten waren.

Für uns Kinder ging es nach den Hausaufgaben und in den Weihnachtsferien gleich nach dem Mittagessen über den Rittweg und den Nussbuckel in Richtung Lindenhöhe. Spätestens am Krankenhaus traf man auf seine Kumpels, und erste Absprachen wurden getroffen. „Heut' fahre mer endlich mol von ganz obe im Fünferbob und schaffe de G'nickbrecher!" war eines Tages die Losung. Dazu muss man wissen, dass die Lindenhöhe unbebaut, aber voller Schrebergärten war. Vom verlängerten Rittweg führte parallel zur heutigen Lonsstraße ein sich nach oben immer mehr verjüngender Hohlweg, der im Bereich der heutigen Brucknerstraße eine scharfe Zick-Zack-Kurve machte.

Diese Kurve hieß bei uns der „G'nickbrecher", weil nur todesmutige Schlitten- und Boblenker diese Schikane schafften, ohne zu bremsen. Um besser um diese Kurven zu kommen, bauten wir kleine Steilwände und fühlten uns danach wie auf der Bobbahn in Davos. Der immer schmaler werdende Hohlweg, in dem kein Begegnungsverkehr mehr möglich war, führte uns weiter bergauf und endete hinter dem Gasthaus der Lindenhöhe. (Dort gab es übrigens Volieren mit Affen und Pfauen, die im Sommer die Ausflügler in die Sommerfrische lockten).

Von ganz unten, beginnend am unbefestigten und mit Schlaglöchern übersäten Tagmessweg, bis hinauf zum Gasthaus brauchte man gute zwanzig Minuten – und wenn einem ein Schlitten oder gar ein Bob entgegenkam, von dem es schrie: „Bahn frei, Kartoffelbrei!", dann musste man schauen, dass man sich mit seinem Schlitten auf die Böschung rettete.

Beim Aufstieg bemühte ich mich stets, nicht auf den Zaun unterhalb des „G'nickbrechers" zu schauen, denn der war arg zerbeult von den Schlitten, die diese Klippe nicht geschafft hatten. Ich bekam dabei Schuldgefühle, obwohl ich selbst eher selten in diesem Zaun hängengeblieben war.

An einem dieser wunderbaren Wintertage also sollte die große Tat gelingen: Im Fünferbob, also auf dem Bauch liegend und die Füße im Querholm des Schlittens des Hintermanns eingehängt, rasten Egon, Gerd, Frieder, Hubert und ich den Weg hinab. Wir schafften es tatsächlich ohne Blessuren, mit Karacho den „G'nickbrecher" zu bezwingen. Unten angekommen, fühlten wir uns wie Olympiasieger und wussten seit diesem Tag, was der Ausdruck „sich freuen wie ein Schneekönig" bedeutet.

Und wenn jetzt noch der eine oder andere Besserwisser behauptet, dass auch der Weg am Alten Wasserreservoir vorbei in Richtung Rindfleischgrund „G'nickbrecher" genannt wurde, so sei ihm folgendes gesagt: Dieser Weg war zwar etwas steiler als unserer, aber viel kürzer und schnurgerade – den konnte jedes Baby hinunterfahren!

1963

Die Schdaudämm uffem Schindelhof

Anfang der 1960-er Jahre war eine Auswirkung des Wirtschaftswunders auch in Offenburg deutlich zu spüren: In den Urlaub zu fahren galt als schick – und zwar nach Italien. Mit dem Klepper-Zelt und dem – manchmal geliehenen – VW-Käfer. Urlaubsregionen wie der Mittelrhein, die Heide oder die Nordsee-Inseln litten unter dem Drang der Teutonen, in Richtung Italia zu reisen. Die ersten Cremes kamen auf, die einen gebräunten Teint vortäuschen sollten, wenn das Geld für eine Reise über die Alpen nicht gereicht hatte.

Für meine Eltern kam Urlaub in Italien erst gar nicht in Frage, darüber wurde auch kaum gesprochen. „Wir bleiben hier, hier ist es viel schöner", meinte meine Mutter. Tatsächlich verlebte unsere Familie wunderschöne Ferientage in Oberharmersbach. Dort hatte die Stadt Offenburg von Franz Burda ein Haus übernommen, das ehemalige „Sürag", das an einem Südhang über dem Holdersbach lag. Es war als Urlaubshaus hergerichtet worden und stand den Beschäftigten der Stadt für Urlaubstage oder Wochenenden für ein Mini-

Entgelt zur Verfügung. Ob der neuen Vorliebe der Deutschen für Italien stand es nun meist leer. Da mein Opa bei der Stadtverwaltung arbeitete, konnten wir dieses Haus fast nach Belieben nutzen.

Allerdings waren da ja auch immer meine Eltern dabei. Deshalb waren für mich die noch schöneren Ferien meiner Kindheit die drei Wochen dauernden Freizeitmaßnahmen der evangelischen Kirchengemeinde auf dem Schindelhof.

Jawohl, ich war und bin evangelisch. Das wurde von Alt-Offenburgern durchaus als erheblicher Mangel gesehen. Selbst Anfang der 1970-er Jahre war ich im streng katholischen Elternhaus meiner damaligen Freundin als Protestant nicht gern gesehen.

Das spielte auf dem Schindelhof, diesem alten Bauernhaus in einem Seitental des Ohlsbachs, keine Rolle. Zunächst als Teilnehmer und später als Betreuer verbrachte ich fast zehn Jahre lang die Hälfte der Sommerferien immer auf dem Schindelhof. Auch später blieb ich der Inneren Mission als Betreuer von Ferienmaßnahmen erhalten und lernte 1971 bei einer solchen Freizeit in Laubach am Hohen Vogelsberg meine Frau kennen und lieben – aber das ist wieder eine andere Geschichte.

Auf dem Schindelhof hatte ich alles, was mir wichtig war: Natur pur, nette Kumpels, liebevolle Betreuer und vor allem gutes Essen. Das wurde von Frau Hof und ihren Helferinnen gekocht, die allesamt aus dem Uhlgraben kamen. Einen einsamen Rekord stellte ich dabei nach einer Tageswanderung auf: Frau Hof hatte Marmeladenbrote geschmiert und mir gelang es tatsächlich, 13 Stück davon zu vertilgen.

Die Ferientage waren angefüllt mit Wanderungen und Spielen aller Arten. Gott sei Dank war der Platz vor dem Haus abschüssig und Fußballspielen nicht möglich, weil der Ball sofort im Brennesselmeer verschwunden wäre, das unterhalb des Hauses am Abhang wucherte. Ich war nämlich eine absolute Fußball-Niete.

Umso besser war ich im Laufen. Als unser Betreuer nach einem Marsch auf das Brandeck-Lindle erklärte, dass wir jetzt so schnell wie möglich „immer dem Weg nach und immer nach unten" rennen sollten, lief ich mit den anderen los. Ich lief und lief, die Beine trugen mich plötzlich wie von selbst. Ich ließ alles hinter mir und hatte auf einmal ein unglaubliches Glücksgefühl. Von Endorphinausschüttung hatte ich damals noch keine Ahnung, aber es war die erste, die ich erlebte.

Ein fast ebensolches Gefühl bekam ich, als unsere Kindergruppe mit den zwei Betreuern eines Morgens um vier Uhr aufgestanden und auf das Hohe Horn marschiert war. Fast eine Stunde waren wir auf schmalen Pfaden in der Dämmerung unterwegs gewesen, bevor wir den Eisenturm bestiegen und gebannt nach Osten über die Schwarzwaldberge schauten. Jetzt musste sie doch endlich kommen, die Sonne! Doch unsere Betreuer hatten sich ordentlich in der Zeit verschätzt. Es dauerte noch eine halbe Ewigkeit, in der wir zitternd vor Kälte auf der Turmplattform den Sonnenaufgang erwarteten. Als aber die ersten Strahlen über den bewaldeten Bergen zu sehen waren, war das ebenfalls ein ganz, ganz tolles Gefühl.

Eigentlich hatten unsere Betreuer wenig Arbeit mit uns: Denn wenn es möglich war, bauten wir einen Steinwurf oberhalb des Schindelhofs Staudämme an einer Quelle. Von morgens bis abends, nur unterbrochen von den Mahlzeiten und der Mittagsruhe, standen wir bei hochsommerlichen Temperaturen in unseren selbst angelegten Teichen und bauten Staumauer um Staumauer. Immer auf dem Sprung, falls sich ein Blutegel an unseren nackten Füßen festsaugen sollte. Drei Teiche wurden von uns nacheinander als Terrassen angelegt, an denen es immer etwas zu verbessern gab. Vor allem aber mussten wir bei den bis zu 50 Zentimeter hohen Mauern immer etwas flikken, verbessern und regulieren, sodass uns die Staumauer nicht brach. Das war allerdings auch immer das Ende dieser Freizeiten: Der oberste der Staudämme wurde am Abend des letzten Ferientages, kurz vor dem Lagerfeuer, in seinem oberen Bereich ein Stück weit eingerissen. Traurig, manchmal weinend, beobachteten wir, wie das Wasser dann alles mit in den Abgrund riss, bis nur noch ein müde dahinplätscherndes Quellbächlein übrig blieb.

Aber eines war uns dabei immer klar: „Im nägschde Sommer sin mir widder do und dann werde widder Schdaudämm gebaut!"

1964

Wie wird mer Bollizischd? Teil I

Für einen Zwölfjährigen spielt die Berufsfrage eine zentrale Rolle – wenn der jeweilige Wunschberuf auch öfters mal wechselt, zum Beispiel vom Müllmann zum Kapitän, vom Lokomotivführer zum Soldaten oder vom Cowboy zum Förster. Bei mir war das Berufsziel aber schon von klein auf klar: Kapitän wollte ich werden. Den wildesten Stürmen trotzen, mein Schiff und meine Mannschaft sicher wieder in den Heimathafen (am liebsten Hamburg) steuern.

Da konnte kommen, wer wollte, und versuchen, mir das mit den abenteuerlichsten Argumenten auszureden. „Aber Bub, des isch viel zu gefährlig, überleg mol, in denne fremde Schdädt lauern die Gefahre wie im Urwald die Schlange. Und dinne Frau isch ewig allein!" Wo ich doch mit absoluter Sicherheit niemals heiraten wollte. Eine Frau! Ich hatte eine kleine Schwester, und die reichte mir fürs ganze Leben.

Mein Entschluss stand fest: Wenn ich groß wäre, würde ich zur See fahren. Mit den Romanen über Kapitän Hornblower hatte ich mir schon das notwendige Wissen angeeignet und mein Zimmer zierten viele Segelschiffsmodelle, die ich mit Ravell-Bausätzen gebastelt hatte.

Bis zu jenem Nachmittag im Juni 1964, als sich mein Berufsziel urplötzlich und auf wundersame Weise wandelte. Das kam so: Seit einigen Jahren bewohnte ich in meinem Elternhaus das Dachjuchhe, eine geräumige Mansarde mit einem wunderbaren Ausblick auf das Hohe Horn. Und auf Nachbars Haus und Garten. Dort wohnte nämlich Inge. Inge war bildhübsch, wohlgebaut – wie ich das als Zwölfjähriger schon fachmännisch feststellen konnte – und immer gut gelaunt. Sie war zwar fünf Jahre älter als ich, das tat meiner Liebe zu ihr aber keinen Abbruch.

Um ihr nah sein zu können, freundete ich mich mit ihrem Bruder Michael an. Der war zwar zwei Jahre jünger als ich und ich konnte mit ihm nicht viel anfangen, aber der Zweck heiligt schließlich die Mittel.

So gelang es mir tatsächlich, zwei- oder dreimal ganz nah an Inge vorbeizulaufen, sie sogar zu streifen, was mich nächtelang nicht schlafen ließ. Nur ihre ständige Hänselei „Wernerle, bisch du aber groß worre" hätte sie sich sparen können.

So schlief ich jeden Abend selig ein, wenn ich Inge zuvor von meinem Fenster aus in Nachbars Garten gesehen oder ihre Stimme gehört hatte.

Eines Nachmittags spielte ich nach den Hausaufgaben wieder mit Michael. Ich erstarrte, als dieser plötzlich ganz nebenbei bemerkte: „Nägschd Woch fährt d'Inge in Urlaub!" Davon wusste ich doch gar nichts. Ungefragt fuhr Michael fort: „Mit ihrem Freund Hansjörg, im Opel-Kadett vun unserem Vadder geht's nach Paris! Hansjörg isch nämlig bei der Bollizei und der kummt morge um fünfe her, um alles zu beschpreche."

Wut stieg in mir auf. Wie konnte Inge mich so betrügen? Nachts lag ich wach und machte mir die kriminellsten Gedanken, wie ich die Reise meiner untreuen Geliebten unterbinden könnte. Und in mir reifte der Plan: Ich würde den Galan stellen und ihm meine Meinung sagen. Wenn nötig, würde ich ihn auch mit einem Fausthieb auf den Solarplexus niederstrecken. So oder so ähnlich hatte auch Kapitän Hornblower seine Gegner besiegt!

Direkt nach dem Mittagessen des nächsten Tages ging ich zu Michael. „Was willsch denn Du schon do?" fragte seine Mutter. Die Zeit verging und verging nicht, es wollte einfach nicht fünf Uhr werden. Abwesend spielte ich mit Michael irgendwas. In Gedanken ging ich nochmals jede Szene durch, wie ich diesen Hansjörg zur Strecke bringen würde.

Und dann war es endlich so weit: Pünktlich um fünf knarrte das Gartentörchen. Hansjörg kam in seiner grünen Polizeiuniform auf dem langen Gartenwegle von der Hermannstraße her auf mich zu.

Ich versperrte ihm den Weg, breitbeinig, die Hände in die Hüften gestützt. Noch zehn Meter, noch fünf, noch zwei – Hansjörg blieb vor mir stehen.

Die Fäuste geballt, schaute ich geradeaus auf die Koppelschnalle über seinem Uniformrock.

Mein Blick glitt Silberknopf für Silberknopf nach oben, streifte die auf den Kragenspiegeln befindlichen Dienstgradabzeichen – drei silberne Schwalben ohne Umrandung zeugten vom Dienstgrad eines Polizei-Oberwachtmeisters mit bevorstehendem Laufbahnlehrgang für den mittleren nichttechnischen Polizeivollzugsdienst, wie ich später lernen sollte – bevor ich in sein markantes Gesicht sah.

Seine braunen Augen blickten freundlich auf mich herab.

Und ohne zu zögern zischte ich ihn an: „Entschuldigung, lieber Herr Hansjörg, wie wird man Bollizischd?"

Mein Blick glitt Silberknopf für Silberknopf nach oben,
bevor ich in sein markantes Gesicht sah

1968

Dorothea Siegler-Wiegand, „Mein Kampf" und die Bibbelesbabbelsthek

Wenn es möglich gewesen wäre, hätte ich sicherlich eher gelesen als gesprochen. Vielleicht kam diese Sucht nach Lesbarem durch die Geschichten, die mir meine Mutter und meine Cousine fast an jeden Abend an meinem Bett vorgelesen hatten. Sie waren für mich als Kind immer ein wunderbarer Übergang vom Tag in den Traum. Vielleicht lag es aber auch daran, dass uns Fräulein Göppert, unsere Klassenlehrerin in der 2a, im Fach „Schönschrift" unendliche Zeilen von Brezeln malen ließ, mir aber das Lesen und Schreiben nicht schnell genug gehen konnte. Fräulein Göppert war sicherlich schon achtzig Jahre alt, schrieb noch in Sütterlinschrift und war wegen der riesigen Klassenstärken der geburtenstarken Jahrgänge reaktiviert worden.

„Lies' ein gutes Buch" war ein Standardsatz meiner Mutter. Doch konnte ich, als ich mit neun Jahren zum ersten Mal in die Stadtbücherei ging, wahrscheinlich nicht einmal das Wort Bibliothek fehlerfrei aussprechen. Von klein auf war das für mich die „Bibbelesbabbelsthek". Endlich des Lesens kundig, hatte ich natürlich eine Jahreskarte und war Dauergast in dem barackenähnlichen Bau zwischen Stadthalle und Hotel Union. Die ganze Kinder- und Jugendliteratur sog ich auf wie ein ausgetrockneter Schwamm. Von Erich Kästner über Enid Blyton, Hans-Christian Andersen, Karl May, C.S. Forester und Sammy Drechsel mit seinem Fußball-Märchen „Elf Freunde müsst Ihr sein" verschlang ich nahezu alle Geschichten und Bände. Dabei wurde ich immer gut beraten von einer etwas vornehm wirkenden und stets freundlichen Frau: „Dorothea Siegler-Wiegand" stand auf ihrem Namensschild.

Wie fast alle Kinder hatte auch ich ein sehr feines Gespür dafür, wenn ich den Verdacht hatte, dass Erwachsene mich belogen oder mir etwas verschwiegen. Und dieses Gefühl beschlich mich immer, wenn die Sprache auf Frau Siegler-Wiegand kam. Erst als Erwachsener sollte ich erfahren, dass sie zu den Offenburger Juden gehört hatte, die in die Vernichtungslager verschleppt worden waren, diese aber überlebt hatte und nach dem Krieg in ihre Heimatstadt zurückgekehrt war.

Umso unglaublicher ist folgende Geschichte, die ich mit Frau Siegler-Wiegand erlebte: Es belastete mich als Jugendlicher, dass weder in der Schule noch sonstwo und am wenigsten in der Familie über die Zeit zwischen 1933 und 1945 gesprochen wurde. Mein

Vater war im Zweiten Weltkrieg als Berufsoffizier bei fast allen Feldzügen dabei gewesen, mein Opa soll eine lokale SA-Größe gewesen sein und meine Mutter war als Gerichtssekretärin während des Krieges längere Zeit in Brüssel. Von ihnen hörte man kein Wort über diesen Teil der deutschen Geschichte. Auch in der Presse und im Fernsehen gab es kaum Informationen darüber, ebensowenig in „meiner" Stadtbücherei.

Als 16-Jähriger versuchte ich dann immer eifriger, an Informationen heranzukommen. Irgendwo hatte ich gehört, dass Adolf Hitler ein Buch mit dem Titel „Mein Kampf" geschrieben haben sollte. Nichtsahnend, blauäugig und voller Vertrauen in meine „Beraterin" Dorothea Siegler-Wiegand ging ich eines Tages in die Stadtbücherei und fragte unverblümt: „Haben Sie hier auch ‚Mein Kampf', das Buch von Adolf Hitler?"

Sie sah mich mit ihren großen braunen Augen an und fragte mich, warum ich das lesen wolle. Ich erwiderte, dass ich alles über die Zeit des Nationalsozialismus erfahren wolle, wie das damals gewesen war, warum das so gewesen war und weil keiner darüber spräche. Ohne Nachfragen, ohne Belehrungen, nur mit einem leichten Erstaunen sagte sie zu mir: „Komm morgen vorbei, dann ist der Band da."

Am nächsten Tag schob sie mir das in Leinen gebundene Buch zu. Zu Hause stürzte ich mich in meinem Mansardenzimmer sofort auf den Text, bekam aber immer größere Schwierigkeiten mit dem Inhalt. Nach einem Drittel dieser schwülstigen, langatmigen und vom Stil her formlosen Lektüre schlug ich das Buch zu und brachte es am nächsten Tag zu Frau Siegler-Wiegand zurück. „Na, wie war's?" fragte sie ruhig. „Das kann man absolut vergessen" antwortete ich ihr. Erst jetzt erfuhr ich, dass dieses Buch in ihrem Privatbesitz und gar nicht im Bestand der Bücherei war.

Als mir später die ganzen Zusammenhänge klar wurden, stieg meine Bewunderung für diese Frau noch weiter. Und als ich Anfang März 2012 von ihrem Tod hörte, bedauerte ich sehr, dass ich ihr das zu Lebzeiten nicht deutlicher gezeigt hatte.

1970

Mittem Schlauchboot
auf dem Rhein nach Köln

Als ich nach der Mittleren Reife aufs Wirtschaftsgymnasium ging, hatte ich mit meinem Mitschüler Dietmar, den wir Didi riefen, zunächst nur den gleichen Heimweg. Daraus entwickelte sich eine Freundschaft. Dietmar sollte später auch mein Trauzeuge werden.

Er war schon seit Jahren bei den Pfadfindern und nahm mich eines Tages zu ihnen mit. Im Dachgeschoss der Ölbergschule, wo die Deutsche Pfadfinderschaft St. Georg vom Stamm Konradin (DPSG) ihr Domizil hatte, traf ich erstmals auf Jess, Konrad, den alle Conny nannten, Axel, Wolf-Dieter und John, der eigentlich Johannes hieß – alles Mitglieder der „Roverrunde". Die Jungs fungierten als Leiter der verschiedenen Pfadfindergruppen.

Jess, schon damals und heute noch Chef dieses Stammes, erzählte manchmal davon, dass er mit einigen Kumpels vor Jahren mit einem uralten Armee-Schlauchboot den Rhein hinabgefahren sei. „Das können wir auch", sagten wir, schnappten uns das in einem Schrank zusammengerollt verstaute Schlauchboot und brachten es in die Garage neben Konrads Elternhaus in Schutterwald. Als wir es erstmals ausgebreitet hatten, erschraken wir: Ein vergammeltes, olivgrünes Riesending, sechs Meter lang und fast zwei Meter breit, lag da schlaff vor uns.

Unter Anleitung von Konrad werkelten wir den ganzen Winter und das Frühjahr 1970 an dem Ungetüm und brachten es tatsächlich fertig, das Boot wieder seetauglich zu machen. Wir steigerten uns in die Arbeit hinein und bauten noch ein genau passendes Zelt auf die aufgeblasenen Wülste. Und natürlich auch noch einen Mast aus Bambus, an dem wir die Pfadfinder- und die Deutschlandflagge befestigten.

In den Osterferien hatten wir die Arbeiten beendet und paddelten stundenlang auf dem Schutterwälder Baggersee herum. Unser Boot bestand den Test mit Bravour. Dann ging es an die Feinplanung: In der Nacht zum Pfingstsonntag wollten wir bei Goldscheuer „in See stechen" und uns ohne jegliche Motorkraft, nur mit der Strömung des Rheins, fortbewegen. Als Ziel legten wir Köln fest.

„Das schafft ihr nie", meinte Jess. Wir wussten aber, dass er nur Angst hatte, wir könnten weiter kommen als er und seine Freunde, die vor Jahren eine solche Fahrt schon einmal versucht hatten. Dabei waren sie angeblich bis Duisburg gefahren. Ob das stimmte, bezweifle ich bis heute.

Dann wurden die Arbeitsbereiche festgelegt: Conny war der unangefochtene Chef, zuständig für die Fotografie und Dokumentation. Axel wurde als Smutje verpflichtet, seine Spezialität war „Negerschlamm". Das war der politisch sehr unkorrekte Name für ein Gemisch aus Haferflocken, Milch und Kaba.

Dietmar und John waren für die Zelte und die Musik an Bord zuständig, Wolf Dieter für Technik und Werkzeug.

Ich sollte alle Genehmigungen besorgen und während der Fahrt zuständig für die Navigation sein.

Kurz vor Pfingsten besorgte ich auf dem neben meinem Elternhaus gelegenen Wasser- und Wirtschaftsamt das amtliche Kennzeichen „OG 875" für unser Boot. „Ihr müsst noch ein weißes Rundumlicht am Mast montieren", gab mir der Sachbearbeiter mit auf den Weg. Außerdem schenkte er mir ein dickes amtliches Buch im DIN A 6-Format, in dem jeder Meter der beiden Rheinufer beschrieben war. Dieses Buch sollte uns noch sehr hilfreich sein.

Um uns Mut zu machen, dass wir die Fahrt nach Köln auch wirklich schaffen, wandten wir einen einfachen Trick an: Eine Woche vor Abfahrt kaufte ich am Fahrkartenschalter im Offenburger Bahnhof eine Gruppenfahrkarte von „Köln Hbf nach Offenburg Bf". Unsere Eltern und Geschwister begleiteten uns dann am Pfingstsamstag nach Goldscheuer an den Rhein. Am Lagerfeuer nahmen wir Abschied und Punkt Mitternacht legten wir ab. Unsere Erlebnisse auf dieser Schlauchbootfahrt würden ein eigenes Buch füllen. Hier erzähle ich einige Anekdoten.

Der Rhein führte Hochwasser, die Schifffahrt war bis Worms gesperrt, wir also in der Frühsommernacht völlig allein auf dem großen Strom, der damals ja noch keine künstlichen Staumauern hatte. Er floss dahin, wie Tulla und seine Nachfolger ihn über hundert Jahre zuvor begradigt hatten. Plötzlich sahen wir vor uns die Europabrücke. Ich hatte Angst, dass wir gegen einen der mächtigen im Wasser verankerten Pfeiler stoßen könnten. „Weiter rechts", rief ich, und wir paddelten mit unseren hölzernen Stechpaddeln, was das Zeug hielt.

Im nächsten Augenblick rief ich: „Weiter links!" und befürchtete, dass unsere Fahrt gleich am Pfeiler enden würde. Doch die Strömung trug uns ganz elegant um den Betonklotz herum. Danach scherten wir uns nicht mehr um diese Hindernisse.

Durch das Hochwasser war der Rhein über die Ufer getreten und floss nur ganz gemächlich vor sich hin, so dass wir vorerst nur langsam vorankamen. Anfangs war das Riesenabenteuer also eher langweilig. Kein Schiff, das uns entgegenkam, weil der Rhein für alle Schiffe mit Motorantrieb gesperrt war, keine Stadt, kein Dorf waren am Ufer zu sehen, weil der Rheinwald bis Worms fast alles verdeckte. Die erste Etappe beendeten wir schon vor Karlsruhe, weil wir morgens um drei Uhr wieder starten wollten: Denn eine halbe Stunde weiter stromab war an der Stelle, an der die deutsche Grenze nach Westen abbiegt, eine deutsche und eine französische Wasserschutzpolizeistation, die – wie uns mein amtliches Lotsenbuch mitteilte – vornehmlich auf Schmuggler spezialisiert waren. Mucksmäuschenstill trieben wir genau in der Strommitte an den Stationen vorbei. Unser Lotsenbuch beschrieb ja alle einhundert Meter das Aussehen der jeweiligen Ufer, was wir wiederum durch die Kilometrierungstafeln abgleichen konnten.

Ein Scheinwerfer flackerte auf und suchte die Wasserfläche ab, traf uns aber nicht. Nach zehn Minuten war der Spuk vorbei, links und rechts war nun deutsches Ufer und uns konnte nichts mehr passieren.

Die zweite Etappe führte uns bis Petersau, wo wir von Schnaken zerstochen wurden. Zuvor waren wir stundenlang an der BASF in Ludwigshafen vorbeigetrieben und sahen die tollsten Farben und Schaumblasen in den Rhein fließen.

Kurz nach Petersau begann wieder die Schifffahrt, aber auch das brachte keine große Abwechslung. Der Rhein war breit genug, und die meisten Schiffer winkten uns freundlich zu. Am Abend des dritten Tages der erste unvergessliche Anblick: Die historischen Gebäude von Mainz links und Wiesbaden rechts waren angeleuchtet und boten ein herrliches Bild.

Kurz vor Mitternacht machten wir bei Ingelheim fest und nahmen uns eine Mütze Schlaf, denn bereits um vier Uhr sollte es weitergehen. Wir wollten durchs Bingener Loch sein, ehe die großen Schiffe, die nachts nur selten fuhren, mit ihren Fahrten begannen.

Jetzt fing das große Abenteuer erst richtig an: Die Strömung am engen und felsigen Bingener Loch würde unsere Nussschale verschlingen, meinten die Einheimischen.

„Die welle uns nur Angscht mache", meinte Conny und wir nickten mannhaft.

Doch insgeheim hatten wir ordentlich Bammel vor der „Mausefalle des Rheins".

1970

„Jetzt fresse mir ä halber Hahn!"

Das gefährliche Bingener Loch passierten wir morgens um fünf Uhr. Tatsächlich waren noch keine Schiffe unterwegs, und auch von den gefürchteten Felsen sahen wir wegen des Hochwassers nichts. Die Sonne war gerade aufgegangen und tauchte die steilen Rheinhänge in ein wunderbar rotes Licht.

In Bacharach gingen wir an Land und sahen uns nach einer Frühstücksmöglichkeit um. Das direkt am Fluss liegende Café hatte noch geschlossen, und der Bäckermeister wollte uns „dreckiges Halbdutzend" schon vertreiben, als er unsere Pfadfinderkluft sah. „Ei, wo kummt Ihr denne hee?" Als wir unsere Geschichte erzählten, wurden wir sofort eingeladen, und ein opulentes Frühstück füllte unsere knurrenden Mägen.

Weiter ging es vorbei, an der Insel Kaub. Wir achteten immer darauf, dass wir nicht in die Fahrrinne für die großen Schiffe gerieten, doch das wurde immer schwieriger, je enger das Rheintal wurde. Vor der Loreley hatten wir einen Mordsbammel, aber die Passage war gar nicht so schwer. Auf der unbewohnten Insel Ehrentaler Werth schlugen wir unser Patrouillenzelt auf und marschierten abends ins rechtsrheinische St. Goarshausen, wo wir ob unserer abenteuerlichen Geschichte ebenfalls mit ein oder zwei Runden Bier freigehalten wurden.

Am nächsten Tag sollte es bis Koblenz gehen. Dieser Tag wird mir – wie die anderen natürlich auch – unvergessen bleiben, doch er hätte wirklich böse enden können. Frohgelaunt waren wir morgens gestartet und trieben an den Rheinstädtchen Kestert, Bad Salzig, Boppard und Osterspai vorbei. Der Rhein führte immer noch Hochwasser, so dass wir bei diesen Orten nah an den Promenaden vorbei kamen. Wir hatten eine neue Einnahmequelle für unser stets klammes Budget entdeckt: Vor Beginn der Promenaden holten Dietmar und John ihre Gitarren und Konrad sein Banjo hervor, Wolf-Dieter versuchte sich mit Kochlöffel und Topfdeckel als Schlagzeuger, Axel bearbeitete die Mundharmonika und mir blieb als Unmusikalischstem des Sextetts in der linken Hand das Tamburin und in der rechten der umgedrehte Pfadfinderhut. Mit „John Browns Body", „The House Of The Rising Sun" und „Im Frühtau zu Berge" animierten wir die auf den Promenaden spazierenden Menschen, ihre Geldbeutel zu öffnen und uns Geldstücke zuzuwerfen, die ich immer virtuoser mit meinem Hut auffing. Dieser Tag hätte ewig dauern können. Linksrheinisch bereiteten wir unsere Landung auf dem Campingplatz gegenüber des Deutschen Ecks in Koblenz vor.

Wir waren euphorisch über den wunderbaren Verlauf unseres Abenteuers. Unser Boot trieb an der mächtigen Mauer vor der Moselmündung vorbei, die Menschen auf dem Deutschen Eck winkten uns freundlich zu. Plötzlich jedoch schrien sie uns zu: „Passt auf, passt auf, da kommt ein Schiff!" Wir sahen auf dem Rhein keines und zuckten mit den Schultern. Doch als die Mauer endete, sahen wir es: Ein Dampfer rauschte die Mosel herab, direkt auf unsere Nussschale zu.

Eine dumpfe Schiffssirene brüllte. Conny schrie: „An die Paddel und zurück!" Wir paddelten, was das Zeug hielt, gegen die Strömung den Rhein hinauf. Tatsächlich schafften wir es aus der Gefahrenzone. Erleichtert ließen wir uns danach bis zum Campingplatz treiben, der wegen des Hochwassers geschlossen war.

Der Platzwart wollte uns verscheuchen. Doch als er unsere Geschichte hörte, schloss er uns das Sanitärhäuschen auf, wo wir endlich mal duschen und ein vernünftiges Klo benutzen konnten.

Noch zwei Tage bis Köln! Dass wir das wirklich schaffen würden, war uns nun klar. In Unkel machten wir die größten Tageseinnahmen mit unserer Riverboat-Shuffle-Band. Dort lud uns der Herr Pastor sogar zu einer Runde Frankfurter Würstchen und einem Glas Milch (igittigitt) ein. Wir ahnten nicht, dass uns noch einiges bevorstand.

Als Navigator hatte ich die vorletzte Tagesetappe bis zur Insel Nonnenwerth vorgeschlagen. „Dort gibt es ein Mädcheninternat!" las ich stolz aus dem Lotsenbuch vor. Gegen Nachmittag landeten wir am Ende der Insel an. Conny und ich zogen unsere auf dem Koblenzer Campingplatz frisch gewaschene Kluft an und marschierten schnurstracks auf das klassizistische Klostergebäude zu, um der Mutter Oberin unsere Reverenz zu erweisen und um Erlaubnis zum Campen zu bitten. Auf dem Weg durch den wunderschönen Klostergarten wurden wir bereits von einigen Elevinnen des Internats beäugt. An der Pforte verlangten wir die Chefin zu sprechen und wurden tatsächlich bis ins Allerheiligste vorgelassen. Wir warteten eine Weile – natürlich mit einer Nonne als Wachhund. Sie belehrte uns, dass wir die Oberin mit „Mutter Evodia" anzusprechen hätten. Diese führe das Internat seit 1945.

Die Tür ging auf, und Mutter Evodia rauschte auf uns zu. „Du schwätzsch", hatte Conny mir zuvor zugeraunt. Ich kratzte mein bestes Hochdeutsch zusammen und sagte: „Wir sind katholische Pfadfinder aus dem Bistum Freiburg und möchten gerne für eine Nacht auf der Insel zelten."

„Wie sind Sie auf die Insel gekommen?" fragte die Oberin skeptisch. „Mit unserem Schlauchboot sind wir seit Pfingstsonntag auf dem Rhein unterwegs – ohne Motor, nur mit der Strömung des Rheins", antwortete ich stolz. Die Reaktion war vernichtend: „Sie Lügenbold, wenn Sie nicht in zehn Minuten von der Insel verschwunden sind, rufe ich die Wasserschutzpolizei! Verschwinden Sie, aber schnell! Lügner können wir hier nicht brauchen!"

Offenbar konnte sie sich unsere seemännische Leistung nicht vorstellen. Naja, wie auch.

Wir rannten, so schnell wir konnten, durch den Garten zu unseren Kumpels zurück, die schon begonnen hatten, ein Zelt aufzustellen. „Schnell weg, schnell weg, die WaPo* kommt!" riefen wir, schmissen alles in Boot und legten ab. Zwischenzeitlich war ein Gewitter aufgezogen und in letzter Minute erreichten wir das linksrheinische Ufer vor dem Bonner Ortsteil Mehlem. Im strömenden Regen und bei Dunkelheit wollten wir unser Zelt aufbauen. Doch die Heringe

*Wasserschutzpolizei

gingen nicht in den Boden, und wir klopften einen nach dem anderen krumm. Erst später merkten wir, dass das Zelt auf einer wegen des Hochwassers gesperrten Straße stand, die mit einer dicken Sandschicht überschwemmt worden war. Nachdem das Zelt endlich aufgebaut war, stapften wir tropfnass in die erste Kneipe, die wir finden konnten.

Der letzte Tag brach an, und bei strahlendem Sonnenschein ging es gemächlich an Bonn, Wesseling und Porz vorbei. Der Rhein war nun nicht mehr zwischen die Gebirge eingezwängt. Die Hohenzollernbrücke in Köln kam in Sicht. Wir wollten linksrheinisch anlegen, um unsere Sachen nicht so weit bis zum Hauptbahnhof schleppen zu müssen, doch der Schiffsverkehr machte uns einen Strich durch die Rechnung. Also legten wir rechtsrheinisch an, dort, wo heute beim Kölner „Tatort" die Würstchenbude von Schenk und Ballauf steht. Als wir alles über die schmale Treppe an die Promenade geschleppt hatten, blieb noch das Boot. Doch alleine schafften wir das nicht. Hilfreiche Passanten eilten uns zur Seite, sodass wir unser treues Gefährt mit vereinten Kräften aus dem Strom hieven konnten. Luft ablassen, zusammenlegen und auf vier Schultern verteilt über die Hohenzollernbrücke bis zum Bahnhof tragen war dann kein Problem mehr. Nachdem wir die schwere Last in der rund um die Uhr geöffneten Gepäckaufgabe der

Eine dumpfe Schiffssirene brüllte. Conny schrie: „An die Paddel und zurück!" – Wir paddelten, was das Zeug hielt.

Deutschen Bundesbahn aufgegeben hatten (sowas gab's wirklich), blieben uns bis zur Abfahrt unseres Zuges noch zwei Stunden Zeit.

Dreckig, bärtig und stinkend, aber glücklich besichtigten wir noch den Kölner Dom. Conny und John hatten noch etwas Brot und Salami gerettet, was aber bei weitem nicht reichte, um unseren Hunger zu stillen. Also gingen wir auf der Suche nach etwas Essbaren in ein heruntergekommenes Bahnhofbistro. „Ich glaub's nicht", schrie Axel beim Blick in die Speisekarte, „do gibt's ä halber Hahn für achtzig Pfennig! Jetzt fresse mir ä halber Hahn!" Flugs bestellten wir bei dem schmuddeligen Kellner jeder einen halben Hahn und freuten uns wie die Wikinger nach einem erfolgreichen Raubzug. Dass wir dabei „halber" statt „halver" gelesen hatten, störte uns erst, als uns statt des Gockels ein vertrocknetes Käsebrötchen serviert wurde...

Einige Wochen nach unserer Rückkehr lud uns Conny zu einem tollen Dia-Abend ein. Er hatte über 200 Bilder gemacht. Es war ein Hallo und Geschrei, wie ich es selten erlebt habe. Diese Schlauchbootfahrt gehört zu den schönsten Erlebnissen meines Lebens.

Doch ein tragisches Ereignis überschattet die Erinnerung daran: In den Sommerferien jenes Jahres trampte Conny mit seiner Freundin durch England, und beide wurden bei einem Unfall getötet.

Didi und ich trauten uns lange Jahre nicht, die Familie nach den Bildern zu fragen. Als wir es irgendwann Mitte oder Ende der 1970-er Jahre endlich schafften, Connys Schwester darauf anzusprechen, sagte sie uns, dass die Bilder verschwunden seien. Auch unsere anderen Kumpels wussten angeblich nichts über den Verbleib der Bilder. Irgendjemand musste sie sich unter den Nagel gerissen haben.

Sie noch einmal zu sehen, wäre ein großer Wunsch, den ich noch habe.

1971

Aug' in Aug' mit dem Senator: Als Cola-Kutscher im Burda-Hochhaus

Jedes Kind in Offenburg kannte natürlich den Namen Burda. Dieser Name wurde nur ehrfürchtig ausgesprochen, schließlich war Burda neben der Eisenbahn in den 1960-er und 1970-er Jahren der Ernährer der Stadt.

Wir allerdings bekamen von Burdas nicht allzu viel mit. Mein Vater hatte sich nach dem Krieg zunächst als Tankwart und später als kaufmännischer Angestellter mit den neuen Zeiten arrangiert. Verbittert war er, weil er, unmittelbar nach dem Krieg arbeitssuchend, auf dem Arbeitsamt abgefertigt worden war: „Was waren Sie? Offizier der Wehrmacht? Da hab' ich was für Sie: Nehmen Sie 'nen Besen in die Hand und kehren Sie die Straße!" Auf die Bitte meiner Mutter, dass er zur Polizei oder nach Aufstellung der Bundeswehr wieder in diese eintreten sollte, sagte er stets nur barsch: „Ich zieh' in meinem Leben keine Uniform mehr an!"

Auch meine Mutter hatte mit Burda nichts am Hut. Sie war sicher ein bisschen neidisch auf Anne, die jetzt Aenne hieß: „Die Lemminger war auch nur Tochter eines Lokomotivheizers", hörte ich sie ab und zu sagen, wenn der Name Burda fiel.

Der einzige Bezug zu Burda ergab sich für mich zufällig in den Osterferien 1971. Wie immer hatte ich einen Ferienjob gesucht und war bei einem Getränke-Lieferanten fündig geworden. Mit meinem „Chef" Alfred, einem fröhlichen, jungen Arbeiter, fuhr ich in einem Klein-Lkw Getränke aus und füllte Automaten auf. Trinken konnte ich dabei, soviel ich wollte, und so bekam ich eines Tages tatsächlich meinen ersten Cola-Rausch.

Zu einer der Tagestouren gehörte auch die Beschikkung des Getränkeautomaten im Burda-Hochhaus. Das fand ich toll. Endlich kam ich mal in diesen „Wolkenkratzer" hinein. Es rankten sich so viele Geschichten um das Haus und die Familie Burda, und keiner wusste so recht, ob das wohl alles stimmte.

So zum Beispiel diese Legende: Im Key-Club in der Klosterstraße war extra eine Ecke für die Burdas reserviert und mit einer Kordel abgetrennt. Angeblich soll sich dort einmal ein Schauspieler ungefragt niedergelassen haben. Franz Burda junior kam mit seiner Clique herein: „Was erlauben Sie sich, sich einfach hierher zu setzen! Der Tisch ist für mich reserviert. Wenn Sie nach Offenburg reinkommen, ist mein Name das Erste, was Sie sehen!"

„Ah, guten Tag, Herr EZO", soll der Mann geantwortet haben.

Unvergessen war auch der Tag im Jahr 1963, als die fast sechs Meter hohen und tonnenschweren Buchstaben B, U, R, D, und A mit Hilfe eines Hubschraubers aufs Dach des neu erstellten Hochhauses transportiert werden sollten. Doch das misslang: Das „B" kam beim ersten Anflug derart ins Schwingen, dass der Pilot den Verschluss zum Trageseil öffnen musste, damit der Hubschrauber nicht abstürzte. Das „B" zerschellte im Kinzigvorland in tausend Teile. Der riesige Kran, der während der Bauzeit die Materialien bis auf das Hochhausdach transportiert hatte, stand schon nicht mehr und musste extra wegen der fünf Buchstaben wieder aufgebaut werden. Das kommentierten die Offenburger hinter vorgehaltener Hand mit „G'schied 'm recht!" – Oder stimmte die Geschichte, dass der damalige Pfarrer der Pfarrei Heilig Kreuz beim Senator darauf bestanden hatte, die Höhe des seit 1959 geplanten Burda-Hochhauses dürfe 67 Meter nicht übersteigen? Denn der Kirchturm der Heilig-Kreuz-Kirche mit 69 Metern Höhe sollte nach Meinung des Geistlichen die größere Nähe zum Himmel haben als ein schnöder Industriebau.

Aber zurück zur Getränke-Auffüllung im Jahr 1971. An der Pforte wurden wir nicht besonders kontrolliert. Mein „Chef" war bekannt, und wir konnten ungehindert passieren. Kaum im Hochhaus, sah ich zum ersten Mal in meinem Leben einen Paternoster. „Du, ich fahr einmal rum, ich will sehen, wie das ist und wie der am höchsten Punkt umkehrt", sagte ich zu Alfred, und der ließ mich gewähren. Also rein in den Paternoster und ab nach oben. Zwischendurch sprang ich in einem Stockwerk schnell aus der Kabine hinaus und in die nächste Kabine wieder hinein. Dann kam der 13. Stock. Was würde nun passieren? Völlig unspektakulär schleifte die Kabine über eine Rolle, und es ging wieder abwärts. Ich hatte wenigstens erwartet, dass sie sich auf den Kopf stellen würde.

Alfred hatte einen Schlüssel für den neben dem Paternoster liegenden Aufzug. „Nur für Lastentransporte und Geschäftsführung", stand auf einem Schild zu lesen. Die Türen öffneten sich, wir schoben unsere mit Getränkekisten bepackten Sackkarren in den Aufzug und fuhren in den sechsten Stock, wo die Getränkeautomaten standen. Nachdem wir diese zur Hälfte aufgefüllt hatten, lief ich mit der Sackkarre den langen Gang entlang zum Aufzug zurück und wollte Nachschub holen. Ich steckte den Schlüssel ins Schloss, die Türe öffnete sich, ich stieg ein. Und bevor ich „E" für Erdgeschoss drücken konnte, leuchtete plötzlich der Knopf mit der „13" auf.

Die Tür ging zu und ab ging's nach oben, ins Allerheiligste. „Mist, wenn jetzt der Senator kommt, dann gute Nacht", dachte ich. Es war heiß an diesem Tag, ich war verschwitzt und dreckig. Oben angekommen, harrte ich der Dinge. Die Tür ging auf und ein schmächtiger Herr im Nadelstreifenanzug stand vor mir, einen Pudel auf dem Arm. „Was machsch Du denn do?" fragte er schroff. „Ich hab denne Automat im sechste Stock uffgfüllt", stammelte ich. Der Mann stellte sich so hin, dass die Lichtschranke in den Türen unterbrochen wurde und diese offen blieben. „Verdrück Dich ins Eck, der Senator kommt gleich!" sagte er unwirsch. Und da kam er auch schon. Es war das erste Mal, dass ich den „Senator" aus der Nähe sah.

Groß, kräftig, Energie ausstrahlend stand er vor mir mit seinem etwas groben Gesicht, in dem man den Schmiss der schlagenden Verbindung deutlich sah.

„Bub, was machsch Du denn do?" fragte er mich, während sein Adlatus „E" für Erdgeschoss drückte. „Ich bin Ferienarbeiter und füll' die Automate in Ihrem Betrieb uff", antwortete ich. „Was kriegsch dafür?" fragte er. „Zwei fuffzig in der Stund", antwortete ich. Er fragte weiter, was ich mache, woher ich komme – und sagte schließlich: „Du g'fällsch mer. Geh nunder in die Barack, zum Herrn Soundso, der soll Dir für d'Sommerferie ä Job bei mir gen. Sagsch em, ich hätt's g'sagt!"

Dazu sollte es nie kommen, denn im Sommer hatte ich meine feste Anstellung bei der Post. Und danach rückte ich bei der Polizei in Lahr ein. So blieb es zunächst dabei, dass unsere Familie mit den Burdas nicht viel am Hut hatte.

Doch durch meinen Beruf sollte sich das ändern: Zum 75. Geburtstag von Franz Burda senior war ich 1978 mit einem Kollegen des Polizeireviers als Personenschützer eingeteilt und konnte beim großen Festabend in der Burda-Villa in der Schanzstraße ein Auge auf die Familie, auf Anneliese Rothenberger, Bernhard Wicki und andere Größen aus Politik, Wirtschaft, Film und Fernsehen werfen. Außerdem wurden wir in der Küche des Hauses vorbildlich verpflegt und kamen mit Franz junior ausführlich ins Gespräch. Er fachsimpelte mit uns über unsere Dienstwaffen und zeigte uns seine und seines Vaters Jagdtrophäen.

Im Februar 2003 war ich bei einem Empfang der Familie Burda an einem eisigen Wintertag Einsatzleiter der Polizei. 400 geladene Ehrengäste, wiederum aus Politik, Wirtschaft, Film und Fernsehen, waren aus der ganzen Welt anlässlich des 100. Geburtstags des 1986 verstorbenen Senators Franz Burda in die Reithalle nach Offenburg gekommen. Obwohl wir lediglich „Dienstleister" für die Sicherheit der Veranstaltung waren, wurden meine Kollegen und ich sehr freundlich aufgenommen und von Aenne und Dr. Hubert Burda persönlich begrüßt.

Ende 2004 war die Führungsriege des Polizeireviers Offenburg zu einer Besprechung ins Burda-Hochhaus eingeladen, das nach gut zweijähriger Umbauzeit innen und außen völlig neu gestaltet worden war. Auf der Fahrt zu dem Offenburger Wahrzeichen sagte ich zum damaligen Leiter des Polizeireviers: „Adi, jetzt fahre mer im Hochhaus im Paternoster nuff in de letzschde Stock, des isch ä Erlebnis, sag ich dir. Mit dem bin ich 1971 schun ämol nuffg'fahre un hab damols sogar de Senator getroffe."

Doch den Paternoster gab es nicht mehr. Es war die einzige Enttäuschung, die ich in meinen Kontakten mit der Familie Burda erlebte.

1971

Wie wird mer Bollizischd? Teil II

Ich war ein guter Schüler. In der Volksschule. Deshalb durfte ich 1966 nach der 7. Klasse auch auf ein staatliches Internat, da ich krankheitshalber nach der vierten beziehungsweise fünften Volksschulklasse nicht aufs Gymnasium wechseln konnte.

Eigentlich war ich fürs Aufbaugymnasium Meersburg vorgesehen, wurde dann aber von einem Griffelstemmer im Stuttgarter Kultusministerium nach Nagold gesteckt. Die drei Jahre dort wurden für mich zur Hölle. Als einziger Badener unter zig rabiaten und pubertierenden Schwaben verging mir jede Lust am Lernen. Trotzdem schaffte ich mit Ach und Krach die Mittlere Reife und konnte 1969 aufs Wirtschaftsgymnasium Offenburg (WG) wechseln, das damals noch in der Okenstraße war.

Doch auch hier fasste ich nicht richtig Fuß. Meine Leistungen vor allem in Englisch und Mathe ließen sehr zu wünschen übrig. Ich war faul.

Und mir war es wichtiger, gegen die Oberstufenreform zu demonstrieren, mich (vergeblich) als revolutionärer Schulsprecher zu bewerben, als Chefredakteur der Schülerzeitschrift „Globus" kurz zu glänzen oder als Anhänger von Che Guevara überall negativ aufzufallen.

Nur im Sport, da war ich eine große Nummer. Ich gewann mehrmals die Messeläufe „uff dr Herbschdmess'" und wurde 1970 im Stegermattbad mit der Mannschaft des Wirtschaftsgymnasiums Offenburger Schulmeister mit der 10 mal 50-Meter-Staffel im Schwimmen. Und bei den Leichtathletik-Endkämpfen im Juni 1970 im Ludwigspark-Stadion Saarbrücken wurde ich im Rahmen von „Jugend trainiert für Olympia" Deutscher Schulmeister mit der 3 mal 1000-Meter-Staffel – vor 20.000 kreischenden jungen Zuschauern.

Dann kam jener Tag im Juli 1971, als mein von mir hoch geschätzte Klassenlehrer der 12e und spätere Direktor des WG, Franz Hund, im Unterricht zu mir sagte: „Werner, deine Versetzung isch mit zwei Fünfern in Mathe und Englisch akut gefährdet. Aber ich geb' dir ä Chance: Wenn du mir die Lösung vun der Aufgab' do sagsch, griegsch ä Vierer und wirsch versetzt." Dabei klappte er die Tafel auf. Darauf stand eine Aufgabe, die so leicht war, dass sie ein Viertklässler hätte lösen können.

Doch zu jener Zeit war alles in mir auf Krawall gebürstet. „Auf Ihr Almosen bin ich nicht angewiesen", meinte ich großspurig, packte meine Sachen, sagte

„Tschau mit'nander", und verließ unter dem ungläubigen Staunen von Mitschülern und Lehrer Klassenzimmer und Schule.

Kurz darauf fing ich bei der Post als Ferienaushilfe an. Seit 1968 hatte ich in den Sommerferien immer einen Job beim Paket-Umschlag in der verlängerten Hauptstraße gehabt. Zwar wurde ich von meinen Mitschülern gehänselt, wie man bei der Post jobben kann: „Die zahle doch nur zwei Mark fuffzig in der Stund', bei der tesa kriegsch mindeschdens eine Mark meh…", doch vergaßen sie, dass ich bei der Post Zuschläge für alles Mögliche bekam. Hitze-, Schlechtwetter-, Nacht-, Tonnen-, Bahngleis-, Gefahren-, Sonn- und Feiertagszulagen machten einzeln zwar nur ein paar Pfennige aus, zusammengerechnet ergab sich aber auch ein nettes Sümmchen.

Außerdem erlebte ich zum ersten Mal, dass man wirklich im Schlaf Geld verdienen kann: Wenn der letzte Zug um vier Uhr ausgeladen war, wurden wir vom Capo nach Hause geschickt, bekamen aber Lohn bis zum Ende der Nachtschicht um sechs Uhr.

So stand ich im August 1971 eines Nachts wieder in der Halle nördlich des Bahnhofs am Fließband und sortierte die Pakete nach Postleitzahlen in die dafür vorgesehenen gelben Anhänger. Ich hatte keine Ahnung, was die Zukunft bringen würde, keinen Schimmer, wie es weitergehen sollte. Da kam plötzlich die

Erleuchtung in Form von zwei Polizisten durch das große Schwingtor hereinspaziert. Ich beobachtete sie, wie sie an den Bierautomaten gingen, offenbar die „Goldene Serie" hatten, eine Bierflasche nach der anderen aus dem Automaten holten und sorgfältig in einer großen Aktentasche verpackten.

Ich ließ alles stehen und liegen, ging zu den Uniformierten und fragte: „Entschuldige Sie, wie wird man Bollizischd?" – „Wo wohnsch denn?" fragte mich der eine. „In der Rammersweierer Stroß 34." – „Ich werf Dir hit Nacht noch d'Bewerbungsunterlage ein, füllsch se us un bringsch se zu uns uff d'Wach. Älles andere werde mer sehe!"

Als ich morgens nach Hause kam, steckten die Unterlagen tatsächlich im Briefkasten. Ich füllte sie aus und brachte sie noch am gleichen Tag zum Einstellungsberater in der Hauptstraße.

Keine zwei Monate später, am 11. Oktober 1971, rückte ich bei der 4. Bereitschaftspolizeiabteilung in Lahr, 14. Hundertschaft, 2. Zug, bei Hundertschaftsführer Hauptkommissar Nicht und Zugführer Polizeikommissar Mahr ein. Eine Fügung, die mein ganzes Leben bestimmen sollte. Mein Beruf sollte zur Berufung werden.

1972

Bibel, Arzt und s'Doddele

Mit vollem Elan hatte ich mich in die Ausbildung
bei der Bereitschaftspolizei gestürzt. Trotz paramili-
tärischer Behandlung durch unsere Gruppen-, Zug-
und Hundertschaftsführer, Unterbringung im Barak-
kenlager „Ernet" in Lahr mit Ratten, Mäusen und
einem alle vier Wochen wiederkehrenden absolut un-
sinnigen nächtelangen Wachdienst im Lager oder im
ungeschützten Polizeifuhrpark Kaiserstraße machte
mir der Dienst Spaß.

Das erste Ausbildungsjahr war wie im Flug vergan-
gen. Danach durften wir „Jungfüchse" bei Einsätzen
außerhalb des Lagers die weite Welt des polizeilichen
Handelns kennenlernen. Hierfür gab es den „Informatorischen Dienst", den man am Wochenende bei seinem Heimat-Polizeirevier leisten konnte. Ich meldete
mich also bei Polizeihauptkommissar Simoneit, einem
alten Haudegen, der den Krieg noch an vorderster
Front mitgemacht hatte. Dieser wies mich dann der jeweiligen Dienstgruppe zu, die am kommenden Wochenende für Ruhe und Ordnung in Offenburg und
Umgebung zu sorgen hatte. Und da erlebte ich das
eine oder andere, das in der Ausbildung so überhaupt

nicht vorgesehen war, aber trotzdem oder gerade deshalb zum Ziel führte. Auch wenn es nicht immer ganz legal gewesen sein mag: Dem Recht wurde Recht verschafft!

Ich muss dazu sagen: Die nachfolgenden Geschichten passierten vor annähernd fünfzig Jahren. Ein solches polizeiliches Handeln erscheint mir heute undenkbar.

Eines Samstags kam eine Streifenbesatzung mit einem italienischen Staatsbürger und einer zeternden Frau auf die Wache. Dem Italiener wurde vorgeworfen, beim Ausparken mit seinem Auto den blauen Käfer der Frau angefahren zu haben. Diese schrie: „Der Idaker het minner schöner Käfer demoliert!" Der Italiener widersprach in gebrochenem Deutsch: „Ich nix mache, schwöre uff Bibel, ich nix mache, ich schwöre, ich schwöre uff Bibel!" – So ging das eine ganze Weile hin und her, und immer wieder sagte der Gastarbeiter: „Ich schwöre uff Bibel, schwöre uff Bibel!" Bis ein junger Beamter mit strenger Miene aus dem Nebenzimmer kam. Er trug feierlich ein dickes schwarzes Buch mit einem weißen Kreuz darauf vor sich her. Seine Hände steckten in weißen (Verkehrs-regelungs-)Handschuhen. Er legte das Buch auf den Schreibtisch und sagte zu dem Italiener: „Do häsch dinni Bibel. Leg d'Hand druff und schwör!" Kurze

Zeit herrschte Stille. Dann sah der Italiener verzweifelt auf die Bibel, fiel in sich zusammen, legte seine rechte Hand darauf und sagte resigniert: „Isch habbe Käfer angebumst." Als die Formalitäten erledigt waren und die Beteiligten die Wache verlassen hatten, sagte der Schichtführer zu dem jungen Beamten: „Wo hesch denn so schnell ä Bibel herg'het?" Die Antwort: „'s war der Kommentar zum Strafgesetzbuch, denne hab ich in schwarzes Babier eingebunde un mit Kreide ä Kritz drufgmolt!"

Auf dieser Schicht verrichtete ich besonders gerne meinen „Informatorischen". Denn dort war immer etwas los. So kam eines Tages ein total besoffener Mann auf die Wache und wusste nicht mehr, wo er wohnte. Papiere hatte er keine dabei, und so sollte er im Notarrest seinen Rausch ausschlafen. Trotz seines Zustandes versuchte er, sehr vornehm zu tun: Er werde nur in die Zelle gehen, wenn vorher ein Arzt seine Haftfähigkeit festgestellt hätte. Es ging eine Weile hin und her. Jedes Mal, wenn wir ihn mit sanfter Gewalt in Richtung Zellentrakt schieben wollten, wehrte er sich mit Händen und Füßen.

Bis plötzlich ein schlanker, hochaufgeschossener junger Arzt hereinkam, mit langem weißem Kittel und einem großen Stethoskop um den Hals. Er sagte in bestimmtem Ton: „Mache Sie sich mol oberum frei!"

Der Italiener fiel in sich zusammen, legte seine Hand auf die Bibel und sagte resigniert: „Isch habbe Käfer angebumst."

Dem kam der Betrunkene gerne nach. Der Arzt hörte mit der Riesenmuschel seines Stethoskops die Brust und den Rücken ab und ließ den Mann den Mund aufsperren: „Sage Sie mol Aaaaah!" Dabei leuchtete er mit einer ovilgrünen Taschenlampe, an der das Licht durch rote und grüne Filter farbig wurde, in den Mund des „Patienten" und sagte schließlich: „Der isch haftfähig." Friedlich ließ sich der Mann nun in den Notarrest verfrachten. Wir alle hatten Mühe, dabei ernst zu bleiben, denn der „Arzt" war eigentlich Polizeiobermeister, der Kittel war der lange Verkehrsregelungsmantel und das Stethoskop war ein Stück Halbzoll-Schlauch mit einem aus der Küche schnell herbeigeholtem und hineingestecktem Trichter.

Den Vogel schoss aber eines Tages ein spindeldürrer Uhlgräbler mit dem Spitznamen „Doddele"* ab. Der war nach einem Einbruch von Beamten festgenommen und in den damals hinter der Wache befindlichen, für heutige Verhältnisse unzumutbaren Notarrest gesperrt worden. Videoüberwachung oder Gegensprechanlage gab es nicht. Alle zwei Stunden musste also jemand über den Hinterhof und nach dem Rechten sehen – und zwar der Jüngste, also ich.

„Stock, geh hintere und schau, was der Doddele macht", forderte mich der Schichtführer auf. Ich nahm den Riesenschlüsselbund in die Hand und ging stolz

*Name geändert

zum Notarrest. Es war schließlich eine hoheitliche Aufgabe, nach einem im amtlichen Gewahrsam befindlichen Straftäter zu schauen.

Dafür musste ich also über den Hinterhof gehen und die Tür aufschließen, die zu einem Vorraum führte. Dort wurden die Schuhe, Gürtel, Hosenträger und sonstigen Materialien deponiert, damit die Inhaftierten nicht auf dumme Gedanken kommen und sich aufhängen konnten. Von diesem Vorraum aus ging es zu vier nebeneinander liegenden Zellen, wobei jede mit einer zwei Meter hohen Stahltüre gesichert war, in der sich in etwa 1,30 Meter Höhe eine 30 mal 30 Zentimeter große Essensklappe befand.

Als ich nun die Haupttüre aufgeschlossen und einen ersten Blick in den Zellentrakt geworfen hatte, glaubte ich, dass mich der Teufel holt. Der Gefangene hatte versucht, sich zu befreien. Mit hochrotem Kopf und weit aufgerissenen Augen, die aus den Höhlen zu springen drohten, hing er halb in der Zellentür und krächzte: „Hilf mer, ich verreck!" Ich warf die eben geöffnete Tür zum Vorraum zu, rannte in die Wache zurück und schrie: „Kommt schnell, der Doddele hängt in der Essensklapp'!"

Tatsächlich war es dem spindeldürren jungen Mann irgendwie gelungen, diese Klappe von innen zu öffnen. Auch hatte er es geschafft, seinen Oberkörper durch das enge Viereck zu zwängen. Dann aber hatte er in der Zelle den Boden unter den Füßen verloren und war hilflos steckengeblieben. Alle Versuche, ihn nach hinten oder vorne aus seiner misslichen Lage zu befreien, scheiterten, so sehr wir auch an Beinen oder Armen zogen. Der später zu hörenden Version, dass wir bei der ganzen Hin- und Herzieherei noch den einen oder anderen Einbruch geklärt hätten, muss ich vehement widersprechen. Die Feuerwehr Offenburg musste den jungen Mann schließlich mit einem Spezialwerkzeug aus der Türe herausschneiden.

Kurz vor meiner Pensionierung im Jahre 2009 holte ich aus dem Keller des Polizeireviers einige Personalakten, die dort archiviert waren. Dabei sah ich eine alte Stahltüre in einer Ecke stehen. „Was isch denn des für ä Tür?" fragte ich die Schreibkraft aus dem Geschäftszimmer, die mich begleitete. „Des isch die Tür, in der dr Doddele domols in der Essenklapp' hängegebliebe isch. Die hemmer uffbewahrt!"

1973

Razzia im Schdudendeclub

Der Studentenclub im Obergeschoss der Gaststätte Badenia gegenüber dem Bahnhof gehörte für meine Generation zu den In-Locations, wie man das heute nennt. Er war 1967 vom Allgemeinen Studenten-Ausschuss (AStA) der Ingenieurschule gegründet worden, die in den Baracken an der Rheinstraße beheimatet war. Eintritt hatten nur Studenten und Professoren, der Einlass wurde streng kontrolliert.

Wir als Gymnasiasten hatten zunächst keinerlei Möglichkeit, dort hineinzukommen, obwohl wir das öfters mal versuchten. Eines Tages im Spätherbst 1970 sagte mein Mitschüler Martin zu unser aller Erstaunen, dass er am Vorabend im Stud gewesen sei. „Des war kei Problem, die hen mich neiglosse, wo ich g'sagt hab, dass ich uffm WG bin!" Offenbar hatte der Stud mit abnehmenden Besucherzahlen zu kämpfen, so dass man auch die Schüler der gymnasialen Oberstufen nach und nach hereinließ.

Also verabredete sich unsere Clique sofort für den Abend. Ich ging durch die Unterführung, für mich war es ja nur ein Katzensprung. Vor der Badenia trafen wir

93

uns. Ich hatte keinen Schimmer, wie man in den Stud kommt. Durch die riesige Haustüre von der Alten Straßburger Straße her führte uns Martin in eine Art Halle, von der links das Treppenhaus abging. Zwei Treppen führten in den ersten Stock. Dort musste man klingeln, dann öffnete sich eine ebenfalls riesige Wohnungstüre. „Mir sin vom WG, ich war geschtert schon mol do", sagte Martin. Mit weichen Knien schlich ich am Kontrollposten, einem bärtigen und langhaarigen jungen Mann, vorbei.

Von der Diele kam man in ein Eckzimmer, von dort weiter in den Thekenraum. Alte, mit Plastik überzogene Eisenbahnbänke luden zum Sitzen ein, ausrangierte Wohnzimmersofas und Bierfässer als Tische bildeten die Einrichtungen. An der langen Theke standen einige Barhocker, ein Ölofen blubberte in einer Nische. Als ich mich weiter umschaute, entdeckte ich in den übrigen drei Räumen ähnlich altes Möblemang. Das alles konnte man aber wegen der sehr dämmrigen Beleuchtung nicht so ganz genau erkennen. Jedenfalls wurde der Stud unsere Stammkneipe, die von den DJs aufgelegte Musik war klasse, das Bier billig und man fühlte sich frei und nicht so spießig wie in den anderen Lokalitäten der Stadt, die man teilweise nur mit Krawatte betreten durfte.

Irgendwann in dieser Zeit gab es im Stud einen gewaltigen Wandel: Aus dem bis dahin durch den AStA verwalteten Club wurde ein nach betriebswirtschaftlichen Gesichtspunkten geführtes Lokal, denn Uschi übernahm die Leitung und machte den Stud zu einem Treffpunkt für alle jungen Leute der Stadt.

Auch während meiner Ausbildung bei der Polizei blieb ich Stammgast bei Uschi. In dieser Zeit bedauerte ich meinen arroganten Abgang vom WG: Die mit Abitur oder Fachhochschulreife eingestellten Beamten schossen in Sachen Karriere an mir vorbei, ihnen war nach knapp vier Jahren der Kommissarsrang sicher.

Also kündigte ich nach Ende meiner Ausbildung den Dienst in der Polizei, um die zwölfte Klasse zu wiederholen und dann mit Fachhochschulreife durchzustarten. Dieses eine Jahr als Schüler nutzte ich aber auch zum intensiven Studium des Stud: Denn eines Abends fragte mich Uschi, ob ich nicht mal als Barkeeper arbeiten wolle. „Klar", sagte ich, und bald stand ich regelmäßig hinter der Theke. Zehn Prozent des Umsatzes fielen für mich als Trinkgeld ab. So reich war ich noch nie gewesen! Vor allem, wenn die ZDF-Kameramänner, Kabelschlepper und sonstigen Beteiligten an den Fernsehproduktionen in der Oberrheinhalle kamen. Das ZDF hatte Offenburg und seine Messehalle als idealen Standort entdeckt. Neben der „Starparade" mit Rainer Holbe wurden dort viele weitere Aufzeichnungen produziert.

Dann kam die Fasend, auch immer die Zeit für gute (Wirtschafts-)Geschäfte. Für die Nacht zum Schmutzigen Donnerstag 1974 hatte ich Werbung gemacht: „Durchgehend geöffnet!" Und tatsächlich stand ich von abends sieben Uhr bis zum nächsten Morgen um acht Uhr hinter der Theke. Nie werde ich vergessen, wie hoch der Umsatz in dieser Nacht war: 1120 DM! Das waren über einhundert Mark für mich – unglaublich.

„Mein" Schuljahr ging im Sommer mit der Versetzung nach Klasse 13 zu Ende. Im Oktober wurde ich wieder bei der Polizei eingestellt und zum Polizeirevier in Kehl versetzt. Auf meine Frage, wann ich jetzt endlich Kommissar würde, schließlich hätte ich jetzt den dafür notwendigen Schulabschluss, teilte mir das Innenministerium mit: „Diese Förderung gilt nicht für wieder eingestellte Beamte!"

Meine Besuche im Stud wurden seltener, auch weil man munkelte, dass dort der Drogenkonsum stetig steige. Das war auch der Anlass, dass die Kripo dort im Mai 1978 eine Kontrolle durchführte. Zu diesem Zeitpunkt befand ich mich im Umlauf für den gehobenen Dienst bei der in der Otto-Hahn-Straße angesiedelten Kriminalpolizei. „Stock, Du kommsch zu mir als zbV*, Du kennsch Dich dort obbe jo us, wie mer hört", sagte der Einsatzleiter. Dessen Aussprache war etwas feucht, weil ihm kurz zuvor beide mittleren

*zur besonderen Verwendung

Schneidezähne ausgefallen waren und er ein Provisorium ablehnte.

Also stürmten wir – jeder mit einem unhandlichen Hand-Funkgerät ausgestattet – gegen Mitternacht in den Stud. Keiner der Gäste regte sich aber bei unserem Auftauchen groß auf. Auch roch es nicht wie sonst süßlich aus allen Löchern. Im ersten Raum trafen wir auf Piefke. Sie war eine Institution im Stud: 1,50 Meter groß, eine riesige Nickelbrille auf der zierlichen Nase und die Haare stets streng nach hinten gebunden, gehörte diese junge Frau, die immer einen flotten Spruch auf den Lippen hatte, zum Inventar. Sie lümmelte in einem Sessel und hatte beide Füße auf die Tischplatte gelegt, als mein Einsatzleiter sie lispelnd anfuhr: „Füsche vom Tisch, Hände hoof und Fafiere rausch!" Piefke blieb ungerührt in ihrem Sessel sitzen, sah den Kriminalhauptkommissar von oben bis unten prüfend an und meinte kühl: „Kei Zahn in de Gosch, abba ä Walki-Talki in der Hand! Mach, dass de verschwindsch!" Daraufhin brach der Einsatzleiter tatsächlich die Razzia ab, bevor diese richtig begonnen hatte.

Es war mein vorletzter Besuch im Stud.

Der letzte war nach einem Klassentreffen Mitte der 1990-er Jahre. Noch einmal ging ich die Stufen zum Stud hoch, durch die große Türe und in den Thekenraum, der mir viele unvergessliche Erinnerungen und

Freundschaften beschert hatte. „Opa, was willsch, ä warm's Bier oder ä Viertele?" fragte mich der Barkeeper.

Da wusste ich: Meine Tag im Stud waren gezählt.

1975

„Wollt Ihr die rechte Hand des Roten Rudi?"

Der 9. November ist der Schicksalstag der Deutschen: Robert Blum, Führer der gemäßigten politischen Linken im ersten frei gewählten deutschen Parlament in der Frankfurter Paulskirche, wurde am 9. November 1848 nach einem Standgerichtsurteil hingerichtet. Am 9. November 1918 rief Philipp Scheidemann die erste Deutsche Republik aus. Am 9. November 1923 scheiterte der „Hitlerputsch" in München.

Der 9. November 1938 gehört zu den dunkelsten Tagen der deutschen Geschichte. In der „Reichspogromnacht" brannten jüdische Geschäfte und Synagogen. Ein freudiges Datum war der 9. November

1989 für die Deutschen. An diesem Tag fiel die Berliner Mauer.

Der 9. November 1975 wurde – weitaus gemäßigter als die oben angeführten Daten –zu einem „Schicksalstag der Offenburger": Denn an diesem Tag beendete der Frankfurter Magistratsdirektor Martin Grüber völlig überraschend die 27-jährige CDU-Herrschaft im Offenburger Stadtrat. Mit 55 Prozent der Stimmen gewann er gegen den Favoriten Günter Fehringer, der durch seine CDU aber später mit dem Ortenauer Landratsposten wiederum gut versorgt wurde.

Natürlich murrten einige Offenburg vor der OB-Wahl am 26. Oktober, dass es „an der Zeit isch, dass derre Zweidrittel-Mehrheit von denne Schwarze ebbs entgegeg'setzt wird", aber eine eindeutige Wechselstimmung war zunächst nicht erkennbar. Erst als eine Stichwahl notwendig wurde, weil keiner der drei Bewerber Grüber, Morstadt und Fehringer die absolute Mehrheit erreichte, wurden die Offenburger hellhörig.

Für meine Generation war klar, dass Grüber Oberbürgermeister werden musste, falls sich im verkrusteten und verschlafenen Offenburg etwas ändern sollte. Aber die Generation unserer Väter und Mütter war davon anfangs nicht so begeistert: „Einer von auße, dazu noch ussere Großschdadt, der weiß doch gar nit, was mir hier bruche", waren sich die „Alteingessenen" einig. Doch nach und nach bröckelte die Nibelungen-treue zur CDU, weil sich in der Stadt auch Gerüchte über unsaubere Methoden und Bereicherungen einiger strammer Parteimitglieder und stadtbekannter Advokaten verbreiteten. „Bei der Planung und Bebauung der Lindenhöhe, insbesondere beim Kauf und Verkauf der Grundstücke, haben die Schwarzen gemauschelt, was das Zeug hält!" flüsterten sich die einen zu, und die anderen wussten: „Bei der in Vorplanung befindlichen Osttangente am Weingartner Kirchle vorbei soll sich ein stadtbekannter CDU-ler schon das dafür notwendige Sumpfgebiet gesichert haben!" Zur Freude vieler Offenburger blieb dieser Advocatus Rabula aber auf seinen Salzwiesen sitzen, weil diese Osttangente nie gebaut wurde.

In diese für die Offenburger spannende und völlig neue Atmosphäre stieß Martin Grüber und legte seine Finger in manche Wunden, die die Offenburger schon lange schmerzten. Ich bemerkte das vor allem am Interesse meiner Mutter an dieser neuen lokalpolitischen Situation. Von Kindesbeinen an war ihr eingebläut worden, dass Frauen von Politik nichts verstehen. Also hielt sie sich zurück und dachte sich ihren Teil. Als jetzt aber die Welle einer neuen Zeit auch Offenburg zu erreichen schien, suchte sie mit mir mehr und mehr das Gespräch über die Lokalpolitik und die darin agierenden Menschen. Und so saßen wir nach dem 26. Oktober 1975 manchen Abend lang zusammen und diskutierten über Offenburg, seine CDU-Politiker und ihre Verstrickungen, die allesamt ein „G'schmäckle" zu haben schienen.

Als meine Mutter sagte, dass sie mit mir in die Oberrheinhalle kommen wolle, wo die SPD und Martin Grüber in einer abschließenden Veranstaltung ein letztes Mal frischen Wind in den Wahlkampf bringen wollten, wusste ich, dass auch bei der älteren Generation ein Umdenken stattfand. Und als Roger Siffer mit seinen Musikanten im Kleinen Saal, der aus allen Nähten zu platzen drohte, die Stimmung beim „Hans im Schnoogeloch" auf den Siedepunkt brachte, war klar: Grüber wird die Wahl gewinnen.

Die allerletzten Zweifler wurden dann wenige Tage vor der entscheidenden Stichwahl überzeugt. Nicht durch Martin Grüber, sondern einerseits durch die tendenziöse und polemische Berichterstattung, vor allem die eines Wochenblattes, das alle Grundsätze eines guten Journalismus' vermissen ließ – und anderseits durch ein geniales Eigentor der Offenburger CDU: „Wollt Ihr die rechte Hand des Roten Rudi?" stand in Anlehnung an den Frankfurter SPD-Oberbürgermeister Rudi Arndt in großen Lettern in der Lokalpresse.

„Jetzt isch g'nug", sagte meine Mutter am Morgen des 9. November 1975. „Des isch jo wie beim Adolf. Jetzt wähl' ich denne Grüber."

Und sie machte sich auf den Weg ins Wahllokal im Erdgeschoss des Schiller-Gymnasiums.

1978

„Herr Richter, der Bolizischd het mir eini glangt!"

Nach Abschluss meiner Ausbildung und drei Jahren im Streifendienst beim Polizeirevier Kehl hatte mich die Offenburger Polizei wieder: Im Rahmen der Ausbildung für den gehobenen nichttechnischen Polizeivollzugsdienst war ich zu verschiedenen Dienststellen im Stadtgebiet abgeordnet – so auch zum Streifendienst beim Revier Offenburg. „Der Beamte soll sich für Führungsaufgaben bewähren", war damals eines der Ausbildungsziele. Deshalb wurden die Kommissars-Aspiranten auch sporadisch als Dienstgruppenführer eingesetzt, wenn der planmäßige Chef und dessen Stellvertreter wegen Urlaub oder Krankheit einmal ausgefallen waren.

So geschah das im Frühjahr 1978 auch mir. Die Nächte waren noch empfindlich kalt und während

Ich setzte mit einem Sprung über die Theke und sah einen Riesenkanonenschlag zwischen den Beinen des Hamberle

einer Nachtschicht stand plötzlich ein Wohnsitzloser an der Theke des Wachlokals. Der Beamte, der im ersten Raum Anzeigendienst hatte, war ein alter Kumpel von mir, den ich seit BePo*-Zeiten kannte. Er kam in mein Büro und meinte: „Du, do schdeht ä Hamberle und will bei uns übernachte. Geht des überhaupt?"

Während ich nach vorn zur Theke ging, rekapitulierte ich blitzschnell die gesetzlichen Grundlagen für die Verbringung einer Person in den Notarrest und gelangte zu der Erkenntnis, dass „Übernachtungsmöglichkeiten für Hamberle" dort nicht vorgesehen waren. Es entspann sich eine längere „Konversation" zwischen dem Wohnsitzlosen und mir: „Herr Wachtmeischder, losse se mich doch do hinde schlofe, ich war ja schun oft im Nodarreschd un kenn mich dort us!" – „Nein," entgegnete ich gewichtig, „da fehlt jede gesetzliche Grundlage!" Und so ging es hin und her.

Zwischenzeitlich verfolgten mein Kumpel und ein weiterer Beamter das Zwiegespräch an der Theke rechts von mir, wo eine hüfthohe Schwingtüre Durchlass in den Wachraum gewährte. ‚Sicherlich wollen die sehen, wie ich diese knifflige Situation meistere', dachte ich, als es plötzlich einen lauten Knall gab. Rauch stieg auf. Ich setzte mit einem Sprung über die Theke und stürmte in die Eingangshalle vor dem Wachlokal. Man darf nicht vergessen, dass die Zeit des „heißen Herbstes" mit terroristischen Anschlägen

*Bereitschaftspolizei

durch die RAF** erst ein halbes Jahr zurücklag.

Als ich mich umdrehte, sah ich einen qualmenden Riesenkanonenschlag zwischen den Beinen des Hamberle. Natürlich war ich überzeugt, dass dieser Mensch meine im Gespräch gezeigte Freundlichkeit ausgenutzt und hinterhältig und von mir unbemerkt den Kracher gezündet hatte. Ich stürmte auf ihn zu, packte ihn am Kragen, gab ihm eine Ohrfeige und stieß ihn in die Ecke. Dort hielt er sich rücklings am zwei Mal drei Meter großen Stadtplan fest und rutschte mitsamt dem Papier im Zeitlupentempo die Wand hinab.

Erst jetzt bemerkte ich, dass die gesamte Schicht hinter der Theke stand und sich „meine" Männer vor Lachen die Bäuche hielten. Da hatte doch mein alter Kumpel den Kracher gezündet und an der Schwingtüre vorbei dem Hamberle zwischen die Füße geworfen. Ich ging zu dem armen Kerl, half ihm beim Aufstehen und fragte: „Isch Dir ebbs passiert?" – „Nai" sagte der unangenehm riechende Mann, „s'isch alles gut. Aber dass Sie mir eini glangt hen, des isch nit in Ordnung gsi!" – „Ich mach' Dir ä Vorschlag", antwortete ich, „kannsch bi uns übernachte und Schwamm drübber." – „So mache mer's" sagte der Mann.

Zwei Schichtrunden, also acht Tage später, wurden wir zu einer eingeworfenen Fensterscheibe im Samenhaus Deck in der Langen Straße gerufen. Ein

**Rote Armee Fraktion

Obdachloser solle der Täter sein. Die Personenbeschreibung traf zu hundert Prozent auf unser bekanntes Hamberle zu. In der Turmgasse nahmen wir ihn fest und brachten ihn zur Wache.

Dort kam es zu einem handfesten „Widerstand gegen die Staatsgewalt", wie das damals noch hieß. Der Mann hatte sich in einem unbeobachteten Moment, als ich mich über das Haftbuch gebeugt hatte, eine Schreibmaschine geschnappt und wollte sie mir ins Kreuz werfen. Im letzten Moment schrie ein Kollege: „Werner, pass uff!" Ich konnte gerade noch zur Seite springen, die Schreibmaschine zerschellte am Boden.

Im Oktober kam es dann zur Gerichtsverhandlung. Der amtsbekannte und vielfach vorbestrafte Mann wurde aus der Untersuchungshaft vorgeführt. Den Vorsitz führte ein uns Polizisten wohlgesonnener, legendärer und leider viel zu früh verstorbener Amtsrichter.

Im Zuge der Beweisaufnahme erinnerte sich der Angeklagte an die Sache mit dem Kanonenschlag und sagte: „Herr Richter, der Bollizischd do het mir im Frijohr eini g'langt!" – „Des schdeht hier nit zur Diskussion, halte Se de Mund", meinte der Richter, „jetzt geht's drum, was Sie angschdellt hen! Hen Sie dem Bollizischd die Schreibmaschin' ufs Kreuz werfe welle oder nit?" Der Wohnsitzlose gab das kleinlaut zu, verteidigte sich aber: „Der isch selber schuld! Der het mir z'erschd eini glangt!"

Nachdem meine Kollegen als Zeugen vernommen worden waren, sprach der Vorsitzende Richter im schönsten Hochdeutsch: „Im Namen des Volkes ergeht folgendes Urteil: Der Angeklagte wird zu sechs Monaten Haft ohne Bewährung verurteilt." Ich sah, wie sich der Wohnsitzlose die Hände rieb. Schließlich war Oktober.

Doch die Freude währte nicht lange, denn der Jurist ergänzte in seiner Urteilsbegründung, jetzt wieder im schönsten badischen Dialekt:

„Es isch äußerst zweifelhaft, ob die Strof beim vielfach vorbeschdrafte Angeklagte noch ä erzieherischer Wert het. Uff jede Fall nit bei einem Strofantritt im Oktober. Deshalb wird verfügt: Strofantritt isch am 1. April im nägschde Johr."

1979

Wie ich meinen Opa in den Akten der Roxi-Bar entdeckte

Wie zuvor beschrieben, wurden wir Kommissars-Anwärter in verschiedenen Dienststellen und Ämtern herumgereicht. Zum einen, damit wir die Funktionen und Arbeitsweisen dieser Behörden kennenlernten, zum anderen, damit deren Chefs sich ein Bild von uns machen und beurteilen konnten, ob wir für den gehobenen Polizeivollzugsdienst geeignet erschienen.

Zu dieser „Umlauf" genannten, zweieinhalbjährigen Ausbildung gehörte auch der Aufenthalt bei Presse, Landratsamt und Stadtverwaltung, die je eine Woche währten.

Dort saß ich im Spätsommer 1979 im Eckgebäude Marktplatz/Kornstraße beim „Amt für öffentliche Ordnung", im Verwaltungsjargon auch „Amt für ordentliche Öffnung" genannt. „Nehme Se sich ä Ordner und übe Se sich im Aktenstudium", war ein Satz, den wir von den Behördenchefs öfter hörten. Sie konnten halt einfach nichts mit uns anfangen.

Also nahm ich mir ein paar Akten und begann diese zu studieren. Es war stinklangweilig. Bis ich auf einen

Aktenordner mit der Beschriftung „Gaststättenkonzessionen Untere Hauptstraße" stieß. Das war natürlich interessant.

Sogleich machte ich mich darüber her. Nach einigen vergilbten Seiten und Registerblättern stach mir das Gebäude Hauptstraße 100 ins Auge, auf dem Registerblatt ein Foto der allseits bekannten Roxi-Bar. Uralte Baupläne aus dem späten 18. Jahrhundert waren da abgeheftet, eine Familie Lihl war als erster Besitzer genannt, die Brauerei Kopf residierte hier jahrzehntelang und seit den Siebzigern des vergangenen Jahrhunderts nahmen die Offenburger die Roxi-Bar als innerstädtisches Bordell unaufgeregt zur Kenntnis.

Beim Aktenstudium über dieses „Haus mit Vergangenheit" fiel mir plötzlich ein in Sütterlinschrift verfasstes handgeschriebene Protokoll auf, an das ich mich sinngemäß wie folgt erinnere:

„Weisungsgemäß haben der Schutzmann Joggerst und Unterzeichner die Gasthäuser der Innenstadt auf Einhaltung der städtischen Vorschriften kontrolliert. Dabei wurden wiederum mehrere Weibsbilder ermahnt, die im Parterre des Gebäudes der Brauerei-Gaststätte Kopf, Hauptstraße 100, nur leicht bekleidet aus dem Fenster hingen und vorübergehende, unbescholtene Männer unflätig ansprachen. Die Weibsleute schlossen das Fenster, der untragbare Zustand wurde durch uns beendet. Offenburg den ... 1923; Kurt Löffler, Schutzmann." -- Mein Opa!

Mein Opa Kurt Löffler wurde am 22. November 1891 in Zwickau geboren. Nach der Volksschule und einer Ausbildung als Stukkateur hatte er den Beruf gewechselt und von Januar bis März 1913 am 15. Lehrgang der Polizeischule Hainichen bei Dresden teilgenommen.

Im Kriegstaumel des Sommers 1914 war er in das Badische Infanterieregiment 170, die so genannten und in Offenburg hochgeachteten „170er", eingetreten.

Nicht mehr so ganz im Bewusstsein vieler Offenburger dürfte das Denkmal sein, das an dieses Regiment erinnert: Heute steht es im Park unterhalb der Schlossergasse, gegenüber der ehemaligen Zibold'schen Mühle. Der auf dem Sockel befindliche Löwe brüllt nun nach Süden, gen Italien. Ursprünglich stand er auf der Ecke am Stadtbuckel und brüllte gen Westen. „Das ist im Zuge der Freundschaft mit Frankreich nicht mehr zeitgemäß", meinten einige im Stadtrat und versetzten ihn unter fadenscheinigen Argumenten von seinem stolzen Platz am Eingang der Innenstadt in seine heutige Position als „Hinterbänkler".

Mein Opa blieb nach Kriegsende in der Stadt an der Kinzig und wohnte mit Frau und Tochter, meiner Mutter Elfriede, zunächst in der Badstraße 2a. Er war inzwischen als Schutzmann in die Polizei des Landes Baden übernommen worden und wechselte später als Sekretär in die Stadtverwaltung. Dabei erzählte er mir auch von der Kopfhalle, in der es in den 1920-er Jahren zu wilden Schlägereien zwischen Nationalsozialisten und Kommunisten und direkt nach dem Krieg zu blutigen Auseinandersetzungen zwischen Angehörigen der französischen Besatzungsmacht und einheimischen Offenburgern gekommen war. Diese Halle neben dem Biergarten der Brauerei Kopf (die Kopftreppe vom Zwinger her wurde 2002 erneuert und ist wieder begehbar) und später des Lokals „Burgerhof" wurde nach dem Krieg bis in die 1980er-Jahre als Polizeigarage genutzt. Dahinter befand sich das legendäre Polizeikameradschaftsheim (Pokahei).

Aber das ist wieder eine andere Geschichte.

1984

„Wer bezahlt mir jetzt
denne Dachkähner?"

Nach der Ausbildung für den gehobenen Polizeivollzugsdienst und bestandenem Laufbahnlehrgang an
der Landespolizeischule in Freiburg wurde ich im
Frühjahr 1982 endgültig zur Polizeidirektion Offenburg versetzt.

Als „Polizeiführer vom Dienst der Schutzpolizei"
(PvD-S) war ich mit drei weiteren Kollegen, die wie
ich im Schichtdienst arbeiteten, außerhalb der norma-
len Dienstzeiten erster Ansprechpartner für die Poli-
zeidienststellen der Schutzpolizei im Kreisgebiet.
Während einer Nachtschicht wollte ich im Frühjahr
1984 gegen halb vier Uhr mit einem Kollegen das Revier verlassen, um in einer Backstube in der Goldgasse
frische Brötchen holen. Als sich gerade die schwere
Eichenholztür des Königshofs hinter uns geschlossen
hatte, sahen wir, dass die vor dem Gebäude abgestellten Polizeifahrzeuge allesamt mit blauem Sprühlack
„verziert" waren.

Da prangte das Anti-Atom-Logo neben Ausdrücken
wie „Ich Schwein", „Sau", „Drecksbullen" und ande-

ren unschönen Sachen. Im gleichen Augenblick fuhr ein Pkw, der vor dem Gasthaus „Sonne" geparkt war, in Richtung Stadtbuckel los. Intuitiv sprang ich auf die Fahrbahn, hielt das Auto an, ging zur Beifahrertüre und öffnete sie. Da saß ein „Longhooriger", dem eine Sprühdose aus der Hand fiel. „Longhoorig" – dieses Attribut alleine kennzeichnete ihn damals für mich als „polizeiliches Gegenüber".

Ich packte ihn am Kragen und zog ihn aus dem Auto. Mein Kollege widmete sich indessen dem Fahrer. Kurz vor der Türe zum Revier riss sich mein „Longhooriger" los und gab Fersengeld. Ich mit dem sperrigen Funkgerät „FuG 13a" in der Hand hinterher. Am Rossbrunnen beim Eingang in die Gerberstraße hatte ich ihn beinahe eingeholt, rutschte aber auf dem glatten Kopfsteinpflaster aus und „fiel uff d'Lapp". Ich rappelte mich auf, sah den Kerl beim „Badischen Hof" nach rechts in die Schlossergasse einbiegen und nahm die Verfolgung wieder auf. In der Schlossergasse war dem Burschen die Puste ausgegangen und er schlurfte in Richtung Grimmelshausen-Gymnasium davon. Als er mich kommen hörte, drehte er sich um. Ein Messer blitzte in seiner rechten Hand, damit fuchtelte er wild in meine Richtung. Er war aber ein richtiges „Hempfele", mager, dürr – und eben „longhoorig".

„Was willsch denn, Büble?" fragte ich und schlug ihm das Funkgerät um die Ohren, das ich an der Antenne gepackt hatte. Dabei flog ihm das Messer aus der Hand. Ich hoffte, damit seinen Widerstand gebrochen zu haben, hob das Messer auf und sammelte die Teile des zu Bruch gegangenen Funkgerätes ein. Aber weit gefehlt. „Lass mich in Ruh', du Arschloch", sagte das Büble, „ich geh jetzt heim zu minnere Mama." Mit diesen Worten schlenderte er davon.

Blitzschnell überdachte ich die weiteren polizeilichen Maßnahmen. Mir war klar, dass ein Warnschuss nicht gesetzeskonform war. Aber ein Signalschuss zum Verständigen der Kollegen könnte doch ein probates Mittel darstellen. Also zog ich meine Pistole Walther P5, hielt sie senkrecht in die Luft und schoss dreimal. Dabei hörte ich auch ein metallisches Klirren, dem ich, vollgepumpt mit Adrenalin, aber keine weitere Bedeutung zumaß.

Kurz darauf kam mein Kollege mit dem Streifenwagen um die Ecke, wir nahmen den Schmierer mit vereinten Kräften fest. Die Verfolgungsjagd war zu Ende. Als wir auch noch feststellten, dass selbst die im Hof abgestellten Dienstwagen von dem „Longhoorigen" verschmiert worden waren, war ich mit der Festnahme besonders zufrieden. Wie wäre die Polizei dagestanden, wenn der Täter, der übrigens an der Fachhochschule Kehl „öffentliche Verwaltung" studierte, unerkannt entkommen wäre? Ich fühlte mich als Retter des guten Namens der Offenburger Polizei,

Beim Schießen hörte ich auch ein metallisches Klirren, dem ich, vollgepumpt mit Adrenalin, aber keine Bedeutung zumaß

auf die immer Verlass war. Belobigung und Beförderung würden nach dieser Heldentat nur noch eine Frage der Zeit sein! Glücklich schlief ich zu Hause in der Rammersweierer Straße 34 ein.

Wenige Tage später lag in meinem Brieffach im Geschäftszimmer ein Zettel: „Stock sofort zum Chef". ‚Dass das mit der Belobigung oder gar Beförderung so schnell geht, ist schon ungewöhnlich', ging es mir noch durch den Kopf, als ich meine Schritte beschwingt Richtung Chefzimmer lenkte. Über die Vorzimmerdame kündigte ich mich an, und zehn Minuten später war es soweit: Der Leiter der Polizeidirektion ließ bitten. Ich klopfte an, trat ein – und erkannte: Das Gesicht des Chefs sah weder nach Belobigung noch nach Beförderung aus.

Neben ihm stand zu allem Übel, das mir nun schwante, auch noch der schwäbische Verwaltungsleiter. „Lese Se des ämol", sagte dieser und schob mir ein Schreiben über den Tisch. Darin beklagte ein Rechtsanwalt ausschweifend und in verschachtelten Sätzen den „unverhältnismäßigen, unprofessionellen und dilettantischen Polizeieinsatz, bei dem meinem Mandanten neben der Störung der Nachtruhe auch noch ein unverhältnismäßig großer Sachschaden entstanden ist."

Dessen Begleichung forderte der Rechtsanwalt nun durch die Polizei ein. „Bei den zu Unrecht abgegebenen Schüssen, die jeglicher Rechtsgrundlage entbehrten, wurde die Regenabflussrinne am Haus meines Mandanten durch zwei Einschusslöcher erheblich beschädigt und unbrauchbar", lamentierte der Advokat.

Der Direktionsleiter und der Verwaltungsfachmann sahen mich lange an. Dann fragte mich der schwäbische Erbsenzähler zerknirscht: „Wer bezahlt mir jetzert denne Dachkähner?"

1986

„Des hältsch nit us, sell Rangiererlotto!"

34 Jahre lang wohnte ich in meinem Elternhaus in der Rammersweierer Straße 34.

Von der ursprünglichen hohen Lebensqualität mit viel Wohnraum, großem Garten, zentraler Lage und billiger Miete war nicht viel übrig geblieben: Die Rammersweierer Straße, auf der noch in meiner Kindheit Pferdefuhrwerke dahingezuckelt waren, war zu einer Rennstrecke geworden.

Parken vor dem Haus war wegen der Pendler, die morgens ihre Autos abstellten und durch die Unterführung zu ihren Zügen nach Karlsruhe, Lahr und Freiburg eilten, nicht mehr möglich. Der Bahnverkehr hatte zugenommen, ununterbrochen ratterten die Züge in nächster Nähe am Haus vorbei.

Auch die gewachsenen Nachbarschaften waren zerbröckelt, viele alte Oststädtler weggezogen oder gestorben. Freunde, die meine Adresse in ihrem Urlaub nicht genau wussten, schrieben 1982 eine Karte an mich mit der Anschrift „Werner Stock, 7600 Offenburg, Gleis 13." – Die Postkarte kam an!

Als meine Freundin und spätere Ehefrau Ulrike aus Krefeld 1983 erstmals bei mir übernachtete, konnte sie durch die ständig klappernden Steinplatten auf den Gasöfen kaum schlafen. Dennoch zog sie bei mir ein. Doch was uns schließlich den letzten Nerv raubte, war das Rangiererlotto, das für unerträglichen nächtlichen Lärm sorgte.

Der Offenburger Güterbahnhof war nach dem in Mannheim der größte in Südwestdeutschland. Dort wurden nachts die Güterzüge, die aus allen Himmelsrichtungen angekommen waren, neu zusammengestellt. Das passierte folgendermaßen: Die lange Kette der Güterwaggons wurde von einer Rangierlok bis fast nach Appenweier gezogen. Dann wurde sie auf einem anderen Gleis zum Abrollhügel bei Windschläg zurückgeschoben. Waggon für Waggon rollte dann einzeln den Hügel hinab.

Nun kam die große Stunde der Männer im Stellwerk: Über die jeweiligen Weichen wurde jeder Waggon individuell auf das für ihn vorgesehene Gleis manövriert und so ein neuer Zug zusammengestellt. Das war ja alles wenig tragisch, wenn da nicht eben dieses Rangiererlotto gewesen wäre. Jetzt erkläre ich, warum wir das so nannten: Die dahinrollenden Wagen wären ungebremst auf die bereits vorher verschobenen und auf den Gleisen wartenden Waggons geknallt, die wiederum aus den Schienen gesprungen wären, wenn die Rangierer nicht zuvor Bremsklötze aus Graugusseisen auf die Gleise gelegt hätten.

Die Waggons kamen also im Laufschritttempo angerollt, fuhren auf diese Bremsklötze auf und ratterten mit ohrenbetäubenden Quietschen die letzten zehn Meter bis zu den stehenden Waggons. Wenn der Rangierer die Geschwindigkeit falsch eingeschätzt hatte, knallten sie dann auch noch mit einem lauten Krachen auf den Zug.

Es war also immer ein Glücksspiel für die Rangierer, ob sie den Bremsweg der Waggons für eine sanfte Landung richtig kalkuliert hatten oder nicht – Rangiererlotto eben!

Dazu kam noch das Geschrei der Rangierer mit den Bähnlern im Stellwerk an der Hermannstraße, die ihrerseits mit wildem Gefluche über die Lautsprecher antworteten. Viehwaggons waren ebenfalls unter den neu zusammenzustellenden Zügen, und stundenlang war nachts das Mähen und Muhen zu hören. Die Anwohner meinten oft, sie seien im Irrenhaus.

Selbst die Bewohner der weit entfernten Lindenhöhe beklagten sich manchmal über den Lärm. Aber alle Beschwerden bei der Bahn nutzten nichts.

So sahen wir uns nach einem Haus auf dem Land um, wo wir auch unsere Pferde halten konnten. Nach zwei Jahren Suche wurden wir in Griesheim fündig und zogen am 15. September 1986 glücklich in das zwar einfache, aber mit Stallungen versehene Fachwerkhaus in der Eichwaldstraße 12.

Damit war meine Zeit in der Rammersweierer Straße vorbei – und auch die unfreiwillige Teilnahme am ohrenbetäubenden Glücksspiel „Rangiererlotto".

1992

Das Liebesglück, es sollt nicht sein....

In meinem Beruf hatte ich als „Polizeiführer vom Dienst der Schutzpolizei" (PvD-S) meinen Platz innerhalb der Polizeidirektion Offenburg und mit Polizeioberrat Gunther Richardt einen sehr menschlichen Vorgesetzten gefunden, der dienstlich und privat humane Werte auch ohne von oben vorgegebene Leitbilder vorlebte. Als PvD-S hatte ich auch für die Öffentlichkeitsarbeit zu sorgen, wenn das dafür zuständige Sachgebiet Ö mit seinem legendären Leiter „Ömil" Roth nach Dienstschluss oder am Wochenende in der wohlverdienten Freizeit war.

Zunächst war das darauf beschränkt, an Sonntagen bis um 17 Uhr den Pressebericht des Wochenendes zu fertigen. Als das „Ortenauer Heimat-Radio – Radio OHR" am 1. Juli 1987 als einer der ersten Privatsender im Lande auf Sendung ging, dauerte es nicht lange, bis „Ömil" uns verkündete, dass wir PvDs nun auch jeden Morgen um sechs Uhr fünfunddreißig in einer „Live-Schalte" den Polizeibericht über den Äther zu bringen hatten. Dies entwickelte sich in kurzer Zeit zu einem absoluten Renner im OHR-Programm, verursachte aber dem einen oder anderen Kollegen arge Bauchschmerzen. „Ring 30" oder gar „Ring 50" hieß es dann in Anlehnung an eine interne Fahndungsmethode, wenn bei dem unfreiwilligen und nervösen Moderator vor und während des Polizeiberichts die Schweißflecken an den Achseln der Diensthemden bedrohliche Ausmaße angenommen hatten.

Mir machte diese Direktschaltung immer viel Spaß. Ich begab mich aber auch oft auf dünnes Eis, wenn ich versuchte, besonders originell zu sein. „Ein Metzgermeister aus Lautenbach wurde gegen drei Uhr fünfundvierzig mit 1,41 Promille am Steuer seines Pkw erwischt", war dagegen eine für mich völlig ungefährliche Aussage. Dennoch entwickelte sie sich zu einem Rohrkrepierer: „In Lautenbach gibt es nur einen Metzgermeister", hielt mir Ömil berechtigterweise vor. Er pochte darauf, dass unser Bericht immer so abgefasst werden musste, dass die Öffentlichkeit den Betreffenden nicht erkennen konnte.

Ich dachte mir auch nichts dabei, als ich einen Neger einen Neger nannte. „Des därfsch nid, Näger isch negativ belegt, des kummt vom Nigger un des dürfe mir nit sage", belehrte mich Ömil. Das wollte ich nicht auf mir sitzen lassen und schrieb das Institut für Deutsche Sprache in Mannheim an. Die antworteten postwendend in Ömils Sinn: „Neger ist negativ belegt, korrekt muss es heißen: Der in Deutschland geborene Mitbürger schwarzafrikanischer Herkunft…"

Na dann Prost Mahlzeit, dachte ich.

Ein Riesending lieferte ich dann aber an einem Schmutzigen Donnerstag Anfang der 1990-er Jahre ab. ‚Denne Bollizeibericht emol im Dialekt un Reim bringe, des wär's', dachte ich mir und fuhr extra eine Stunde früher auf die Dienststelle. Nach der Abfrage der sechs Polizeireviere ging dann folgender Fasend-Bericht über den Äther:

„Hört Ihr Leut und lasst Euch sage was sich heut Nacht het zugetrage

In Legelshurst hen se eingebroche, die Täter hen sich danach verkroche

Doch d´Kehler Polizei het se ufgespürt und der Taten überführt.

In Schutterwald hen se sich uf d`Nas nufghaue un uffgführt wie die aldi Saue

Die sitze jetzt im Notarreschd; sin unfreiwillig unsre Gescht.

Nüchtern bliebe war sein feschder Wille - doch mit mehr als zwei Promille

Fuhr einer in Oppenau in de Bach: Der Geist war willig, aber ´s Fleisch isch schwach!

In Wolfach hen drei nimmer heimgefunde, sie gehöre scho lang zu unsre beschde Kunde

Doch mir, mir hen ein Herz für Sie und biete im Notarreschd Koscht un Logis

Des tollschte aber het ä Liebespaar gmacht, in Zell sin se in´d Rebe gfahre in der Nacht

Sie wollte ä heißes Liebesspiel mache, doch isch nix worre aus derre Sache,

denn d´Handbrems isch bei dem Geruckel uffgegange, des Auto dann im Rebberg ghange

Beim Liebesspiel da gab es Ärger – darauf einen Klingelberger!

Genießt die Fasend, habt Freude und Spaß, doch bitte alles mit dem richtigen Maß

Lacht und freut Euch des Lebens dabei – des wünscht Euch von Herzen die Ortenauer Polizei!"

Als dasselbe Liebesdrama einige Jahre später in Kappelrodeck passierte, erinnerte ich mich an den Reim von damals und beendete den Polizeibericht leicht verändert: „Das Liebesglück, es sollt' nicht sein – drum trink Hex vom Dasenstein."

Auch hier gab es viele Lacher und ein Lob vom Chef, der mich allerdings zwei Stunden später zu sich kommen ließ: „Stock, wie oft hab ich Ihnen schon gesagt, dass man die Leute nicht identifizieren darf. Es war der Bürgermeister, und der steht jetzt im Achertal da wie ein begossener Pudel!"

Wer der „begossene Pudel" und in welchem Ort des Achertals er Bürgermeister war – ich habe es nie erfahren.

„ ...denn d' Handbrems' isch bei dem Geruckel uffgegange,
des Auto dann im Rebberg g'hange"

Bereits erschienen von Jutta Bissinger:

Um fünf am Stadtbuckel

Geschichten und Anekdoten aus Offenburg

3. Auflage 2014
80 Seiten, zahlreiche Schwarzweiß-Fotos
ISBN 978-3-8313-2417-0
Wartberg Verlag 11 Euro
Erhältlich im Buchhandel
oder bei der Autorin unter www.jutta-bissinger.de

Läden&Leute

Traditionsgeschäfte in Offenburg

1. Auflage 2014
96 Seiten, zahlreiche Schwarzweiß-Fotos
ISBN 978-3-00-045237-6
im Selbstverlag, 15 Euro
Erhältlich im Buchhandel
oder bei der Autorin unter www.jutta-bissinger.de